ベリーズ文庫

ベリーズ文庫溺甘アンソロジー3

愛されママ

JN167617

STARTS
スターツ出版株式会社

目次

ベリーズ文庫溺甘アンソロジー3
愛されママ

遠回りの恋は永遠に

若菜モモ

Aisare mama

Anthology

6

「深田《ふかだ》社長、七瀬《ななせ》さん、今日はもう終わりですよね？　食事に行きませんか？」

私たちを誘うのは、目の前に座っている近藤《こんどう》社長。

彼は我が社で頻繁に利用させてもらっているレンタルスペース会社の経営者。

イケメンなのに三十代後半で独身。きっとモテすぎて結婚相手を選べないのだろうと、事務所のスタッフと噂している人物だ。

彼はノートパソコンをビジネスバッグにしまって、期待を込めた目で私たちを見ている。

私、七瀬葵《あおい》が働いている『マリアージュ・プランニング』は、名前の通りウエディングプランを手掛ける、社員二十名ほどの会社だ。二十九歳の私はここでチーフウエディングプランナーとして働いている。

社長の深田智佐子《ちさこ》さんは、四年前、仕事に困っていた私に『うちで働かない？』と声をかけて、拾ってくれた。

智佐子さんは、私が大学卒業後、日本有数の高級ホテルで働いていたときの先輩で、私が退職後に智佐子さんもホテルを辞め、『マリアージュ・プランニング』を立ち上げた。

私は白いブラウスに隠れた腕時計を見る。

時刻は十八時三十分。

「近藤社長、申し訳ありません。これから用事があるので……」

残念そうな顔をしつつ、気持ちは一刻も早く帰りたいと思っている。

「そうですか。今日は金曜日だから、恋人とデートですか?」

「はい。彼を迎えに行く約束なんです」

私は亜貴《あき》の顔を思い浮かべ、近藤社長に微笑む。

「葵、彼が待っているわ。おつかれさま」

智佐子さんは近藤社長にわからないように、急ぐよう目くばせする。

「近藤社長、またの機会にお願いします。お先に失礼します」

私は立ち上がり、近藤社長にお辞儀をして応接室を出ると、急いで並びにあるオフィスに戻る。

「葵さん、おつかれさまです」

私のアシスタントの持田久美香《もちだくみか》さんがねぎらいの声をかけてくれる。

「おつかれさま。電話は大丈夫だった？」

彼女の隣のデスクに近づく。

「急ぎのものはないです。あとは月曜でも大丈夫ですから、早く行ってください。彼が首を長くして待っていますよ」

久美香さんの話に頷きながら、デスクの上のメモへざっと目を通す。

「ありがとう。お先に帰るわね」

デスクの一番下の引き出しからバッグを出し、イスの背にかけてあった水色のカーディガンを羽織ると、仕事中のスタッフに挨拶をして会社を出た。

我が社は恵比寿《えびす》駅から徒歩五分のところにある五階建てビルの三階にある。ビルを出て駒沢通《こまざわどお》りを代官山《だいかんやま》方面へ歩く。

大きな黒のレザーバッグを肩からかけた私は歩を進めながら、もう一度腕時計を確認する。

あと十分で十九時になる。

いつもギリギリだわ、と歩くスピードを上げた。肩甲骨くらいの長さのある黒髪が、風で乱れる。

でもそんなこと気にしていられない。一分でも早く、亜貴のもとへ行きたい。

七月の空はまだ明るかった。

十九時になる直前で保育園に到着し、ホッと胸を撫《な》で下ろす。

呼吸を整え、髪を手で直し、身だしなみを整えてから門扉を抜け、園庭を歩く。

すると、十五メートルほど先にある建物の引き戸が開き、約束の彼が姿を現した。

「ママー！」

小さな体で、私に向かって大きく腕を振っている。隣に亜貴が好きな美夜子《みやこ》先生もいる。

保育士の先生から母親が来るまで待っているように言われているから、亜貴はもどかしそうに私が近づくのを見ている。

今日もなんとか十九時の閉園に間に合った。

保育室には、ほかにも残っている保育園児が数人いた。お迎えを待ち遠しく思っている園児たちは、やってきたのが自分の親ではなかったとき、とても悲しそうな顔になる。

「亜貴くんのママ、おかえりなさい」

「先生、こんばんは。いつもすみません。亜貴、お待たせ！」

ブラウンの髪を後ろでひとつに結んでいる美夜子先生に挨拶して、亜貴の目線になるようその場にしゃがむ。

「ママ、おかえりなさい。おしごとありがとう」

亜貴は機嫌よく笑顔で言うと、私の首に抱きつく。

父親はいないが、亜貴は素直でいい子に育ってくれている。まだこんなに小さいのに、私が働かなければ保育園代も払えないし、食べ物、住まいにも困ることになるとわかってくれている。

彼にとって私は母親であり、父親でなくてはならない。厳しくするところは厳しくしながらも、甘えさせることも必要だし、まだ五年の新米ママである私は子育てに日々奮闘していた。

会社の人たちもシングルマザーの私をフォローしてくれるから、とても助かっている。亜貴は今では体も丈夫になったけれど、生まれて二歳くらいまではすぐに熱を出す子だった。仕事中、保育園からの呼び出しも頻繁にあったが、私の事情を理解してくれているスタッフのおかげで、仕事と子育てを両立してこられたのだ。

「みやこせんせい、さようなら」

立ち上がった私の手をギュッと握った亜貴は靴を履いてから、美夜子先生に大きな声で挨拶をした。

「亜貴くん、月曜日、元気なお顔を見せてね」

「はーい」

私と亜貴は手を繋ぎながら、美夜子先生に頭を下げると歩きだした。

亜貴の父親は身長が百八十センチ以上あり、見事な体躯だった。息子も五歳児の平均より十センチ以上背が高く、顔や表情も時々私の心臓が跳ねるくらい彼に似てきている。

「ママ、きょうね、りさちゃんおやすみしたの。おねつがでたんだって」

りさちゃんは亜貴と同い年の女の子で、両親が共働きのため保育園に預けられている。

「そっか、お熱が出てかわいそうだね。早くよくなるといいね」

「うん。ぼくもまえ、おねつでたときくるしかったもんね」

「そうだね。早く治そうって、頑張ってたね。亜貴、今日はなに食べようか？」

小さな手を引きながら、いつものスーパーマーケットへ向かう。

「やきそばっ！」

「やきそばかぁ。そうしようか。お野菜とお肉をたくさん入れてね」

「うん！　ぼく、いーっぱいたべるよ」

亜貴は私の手を強く引っ張って、見えてきたスーパーマーケットの入口へ進む。

この大型スーパーマーケットは保育園と自宅の中間にあり、とても便利に利用させてもらっていた。

『マリアージュ・プランニング』に入社するにあたり、会社に近い代官山に住居を決めた。代官山は人気があり家賃は高いが、通勤のしやすさに重点を置いたからだ。

入社したときはお給料も少なく、生活が苦しかった。それでも生活してこられたのは、亜貴がいたから。

どんなに疲れていても、泣きたくなっても、亜貴の笑顔で頑張れた。

入社四年目で、ある有名人カップルのウエディングプランを手掛けたことでメディアにクローズアップされ、業界で私は有名になった。

お給料も多くなり、今は亜貴に欲しいものを買ってあげられる。

父親がいなくても、ふたりだけの生活に満足している。

亜貴がいてくれれば幸せだ。

数日分の食材と嗜好品を買って、亜貴の話を聞きながら自宅に向かう。

スーパーマーケットの大きな袋を私が、小さな軽い袋を亜貴が持ってくれる。

こんなに小さいのに騎士道精神を発揮してくれて、とても愛おしい。

ふと、彼の父親にも似たような部分があったことを思い出し、胸が詰まりそうになる。

七分ほどして、五階建ての築十三年のマンションに到着した。十五世帯しかない小規模なマンションで、オートロックだが、常勤の管理人はいない。

二階の一番奥の2DKの部屋が私たちのお城。

玄関ドアを開けた途端、亜貴は飛ぶように部屋の中へ入っていく。

室内は赤や青、黄色などのカラフルな家具や小物でそろえ、生活していて元気が出るような雰囲気にしている。ひと部屋をリビングダイニングとして使っており、レモンイエローのふたり掛けのソファの前にローテーブルを置いて、いつもラグの上に座って食事をしている。

キッチンへ行き、食材が入っている袋をシンク横に置く。

牛乳パックとお醤油のせいで、重かった。

はあ〜っと、疲れたため息を漏らし、ふとリビングを見る。亜貴は自分の本棚から大好きな絵本を出していた。ローテーブルの上に買い物袋が無造作に置かれている。

「亜貴ー、買ってきたものを持ってきてー。絵本は手あらいとうがいをしてからよー」

「はーい」

亜貴は買い物袋を持って駆けてきた。それを私に渡して洗面所へ消えていく。

お手伝いもするし、言うことも嫌がらずに聞いてくれて、年齢の割には少し大人びた子に思う。

お腹を空かせた亜貴のために急いで数種類の野菜を切り始めていると、洗面所から亜貴が戻ってくる。

「ママ、はいっ」

亜貴は、両手をパーにして私に見せる。綺麗に洗ったのを確認してもらうために。

その姿でさえ、私はメロメロになってしまう。

「綺麗に洗えたね。じゃあ、大急ぎで作っちゃうから遊んでてね」

「はーい」

褒められて嬉しそうにコクッと頷いた亜貴は、絵本のもとへまっしぐらに向かった。

フライパンに豚のこま切れ肉を入れて炒め始める。焼きそばを作りながら、サラダも用意する。

焼きそばが出来上がり、オムライスのように麺を卵で包み、亜貴の分にはケチャップで顔を描いた。

日中は一緒にいてあげられないから、亜貴が少しでも喜んでくれることをしてあげたい。

ソファの上で亜貴は足を伸ばして絵本を読んでいる。

「亜貴、ご飯よー」

彼はすぐに絵本をパタンと閉じ、ソファからピョンと降りた。ローテーブルの上に料理を並べている私を助けようとして、キッチンからコップをふたつ持ってくる。

すべての料理がそろい、「いただきます」をして私たちは食べ始めた。

「ママ、おいしい！」と言ってくれる亜貴に微笑む。

亜貴の父親はイギリス人とのハーフだ。亜貴はその父親の血筋を強く受け継いでおり、小さいながらも目鼻立ちがはっきりした端整な顔をしている。

きっと大きくなったら、この子の父親のように立っているだけで女性を魅了する男になるだろう。

食事が終わり一緒にお風呂に入って、亜貴はすぐに眠ってしまった。

生まれたときからコロッと眠ってくれる寝つきのよさに、助けられていた。

時刻は二十一時を回ったところで、まだ眠るつもりはないのに、月曜から金曜まで仕事や育児、そして家事に追われてきて、体は疲れ切っている。

ダブルベッドで亜貴の添い寝をしているうちに、私の瞼《まぶた》もいつの間にか閉じていた。

私には両親がいない。父は私が中学生の頃に交通事故で、母は大学二年生のときに脳梗塞《のうこうそく》で亡くなってしまった。

母は、父の死後再婚したけれど、義理の父親になった人はひどい男だった。

『お前の男から金を都合してもらう』

すべては義理の父親のせいで、幸せだった私の生活が変わってしまった。

義理の父親はラーメン店を経営していたが、母が亡くなったあと店を閉めた。

当時、私は大学の寮に入っていたから会うこともなかったけれど、その間、義理の父親はギャンブルとお酒の堕落した生活を送っていたようだ。

私が大学を卒業してホテルに就職すると、頻繁にお金を無心してくるようになった。

お金なんか渡したくはなかった。だけど義理の父親は暴力的で気に食わないと手が出る。怖くて逆らえず、収入の中からお金を渡していた。

入社して半年が経ち、私は経営戦略課の日下部《くさかべ》彬《あきら》さんと知り合った。

二十五歳の彬さんは経営戦略課の若きホープで、頭が切れ、上層部から期待されていると噂の人。男性社員からは頼られ、女子社員からは恋人になりたいと人気があった。

百八十五センチのスラリとした長身で、容姿は誰もが振り返るほどのイケメン。母親がイギリス人のハーフだ。高い鼻梁《びりょう》が印象的で、薄いブラウンの瞳は感情によって時々、黄色味の強いヘーゼル色になる。

鍛えられた身体でビジネススーツを着こなし、とてもスタイルがよかった。

仕事上の接点はなかったけれど、社内の飲み会で一緒になり、噂通り素敵な彼に私は惹かれた。

驚くことに、彼も好きになってくれていて、その後彬さんから食事に誘われて、お付き合いがスタートした。

彼が私を見つめる目はいつも熱を帯びて、ヘーゼル色になっていた気がする。

仕事帰りに映画や食事、アミューズメントパークへ行き、毎日が楽しくて私は幸せだった。

その幸せが義理の父親によって壊されたのは、付き合い始めて三カ月ほどが経った一月。雪が舞う寒い日だった。

彼がマンションに送ってくれたとき、お金の無心に現れた義理の父親が、私の恋人の存在を知ってしまった。

そして私がもうお金を出さないと勇気を出して拒否すると、それなら彼のところに借りに行くと言いだした。

借りに？　ううん。彼からお金を引き出そうとしているのはあきらかだった。

いくら経営戦略課で期待されているからといって、お給料がずば抜けていいわけじゃない。

彼に迷惑をかけたくなかった。そして、人にたかって生きていく義理の父親が恥でならない。そんな男が義理の父親だと知られたくなかった。

彼とはなんでもないから会いに行かないように何度もお願いした。でも、聞き入れてくれず、私の心は不安と恐怖心に揺れ困窮した。

義理の父親が彬さんに近づいて迷惑をかけないように、私は断腸の思いで、彼と別れて仕事を辞める覚悟をした。

彬さんを愛しているからこその決断だった。

だけど別れを切り出す前に、義理の父親は彼に接触してしまった。

彬さんは、義理の父親のようなクズな人間を嫌った。

私はその場にいなかったからどんな話をしたのかはわからない。けれど、そのあと彬さんから『俺と付き合っているのは金目当てだと聞いた。本当なのか。君の口から真実を知りたい』と聞かれた。

義理の父親は『もう一円も出さない』と言った私への当てつけとして、彬さんにひどい嘘をついたのだ。

『真実が知りたい』という言葉には心が揺らいだが、私と付き合っている限り、義理の父親は彼に迷惑をかけ続けるだろう。

彬さんのためにも別れるつもりだった私は、つい『その通りよ』と認めてしまった。

そして私の嘘を、彼は信じた。

『こんな形で君と別れるのは残念だ。まさか俺の素性を知って近づいてきていたとはね』

彬さんは今まで見たことがない冷たいまなざしで、私を射抜くように見た。

彼の素性？

私にはなんのことなのかさっぱりわからなかった。

ビクッと私は大きく身体を揺らして、パチッと瞼を開けた。

「あ……」

隣に眠る亜貴の姿にホッと安堵しながらも、心臓は爆発しそうなほど激しく鼓動を打っていた。

カーテンの隙間から陽の光が入り込んでいる。

もう朝……。添い寝しているうちに寝ちゃったのね。

それにしても今日の夢は久しぶりに精神にダメージを負ったわ……。

頬に指先を持っていくと涙で濡れていた。

亜貴の父親を夢に見て、胸の奥にしまっていた恋心が一気に溢れてしまったのだ。

こらえるために下唇を噛む。

亜貴の存在を、彬さんは知らない。知らせようにも、別れてすぐに彼はホテルを辞めてしまっていた。

その後、私も退職したものの、ほどなくして妊娠が発覚した。なんとか彬さんと連絡を取ろうとしたけれど、電話番号やメールアドレスはすべて変更されていたし、勤めていたホテルに問い合わせても彼の行方はわからなかった。

付き合っていた三カ月間、私は彼の部屋へ行ったことがなかった。だからどこに住んでいるのかさえ知らなかった。

義理の父親はそのときすでに亡くなっていた。お酒を飲みすぎフラフラと道路に出て車に轢《ひ》かれたのだ。

時計を見ると、まだ八時前だった。

休日はいつも九時くらいまでゆっくり寝ている。でも、昨夜は早く寝てしまったせいで、二度寝はできそうにない。

私は亜貴を起こさないよう、そっとベッドから抜け出して寝室を出た。

パンケーキを作り終えたとき、亜貴が起きてきた。まだ眠そうで、目をこすっている。

「亜貴、おはよう。ひとりで起きられておりこうさんだね」

「ママ、おはよう。あ！　ぼくがすきなのだ！」

キッチン台に置かれたお皿の上のパンケーキに、目を輝かせる。

「顔を洗いに行こうね」

「うん！」

洗面所へ跳ねるように向かう亜貴の後ろから私はついていった。

「いただきます！」

亜貴は顔の前で両手を合わせてから、フォークを持った。

ナイフを使わないで済むように、彼のパンケーキはひと口サイズに作っている。

バナナとブルーベリーを添えてメープルシロップをかけたパンケーキは、亜貴の好物だけあって、朝からもりもり食べている。

「牛乳も飲んでね」

「うん」

言われた通り、すぐにコップを両手で持って口に運ぶ。

「亜貴、今日はなにしようか？」

すぐに「公園！」と答えが返ってくる。亜貴は外で身体を動かすのが好きな子だ。

今日は晴れて暑そうだから、日焼け止めを塗らなければと思いながら、亜貴に微笑んだ。

朝食後、洗濯物を干し、水筒に麦茶を入れて、公園へ行く準備を済ませた。

公園は保育園のすぐ近くにあり、この近辺では一番大きい。たくさんの遊具があって、二時間以上飽きることなく遊んでいられる。

玄関で私を待つ亜貴の頭に水色のコットンの帽子をかぶせた。黄色の半袖Tシャツと濃紺のショートパンツは、彼が自分で選んで着ている。

私は動きやすい白いTシャツとデニムにした。スニーカーを履き、早く行きたくてうずうずしている亜貴と手をつないで公園へ向かう。

公園の遊具でたっぷり遊んでから、お昼はファミリーレストランへ行き、亜貴はお子様ランチを食べた。

それから書店に立ち寄り、絵本を五冊選ばせてから、帰宅。

時刻は十五時になるところで、シャワーを浴びて、たくさんかいた汗を洗い流した。

シャワーから出た亜貴は眠気に耐えられず、絵本を抱えるようにしてソファの上でころんと眠ってしまった。

私は亜貴を抱き上げる。

「大きくなったね」

亜貴のずっしりとした重さが嬉しい。彼は日々成長している。

寝室のベッドに静かに下ろし、血色のいいほっぺたにキスを落とした。

亜貴が眠っている間に、リビングのテーブルでノートパソコンを出して仕事をする。

私の人生には、亜貴と仕事しかない。でも、私はそれに満足している。

今朝のように亜貴の父親を思い出すと今でも胸がシクシク痛むけれど、二度と会わない人なのだ。彼のことはいい思い出として、また深く胸の奥へしまい込もうと努力するしかなかった。


月曜日、いつものように亜貴を保育園に預けて出社すると、智佐子さんに呼ばれた。

「おはようございます。金曜日はありがとうございました」

近藤社長の誘いの件だ。

「おはよう。いいのよ。近藤社長は葵を誘いたかったんだけどね」

そう話す智佐子さんの表情が浮かない。眉根が寄せられていて、ため息を漏らす。

「どうかしましたか？」

「月末の安城《あんじょう》さまの披露宴だけど」

私がウエディングプランを担当した顧客だ。お金はいくらかかってもいいから豪華にしてほしいとの注文で、我が社総出で進行している案件。披露宴まであと二週間だ。オーダーメイドの婚礼衣装に小物。披露宴に使うほとんどの物は新郎と新婦のイニシャル入りで特別発注。すべての準備が済んでいる。

私は智佐子さんの言葉を待つ。

「安城さまと連絡が取れないの。前金の三百万を木曜日までに入金してもらう約束だったのに、いただけていなかったから、スマホに連絡をしてみたの。そうしたら番号が使われていないって……」

私は智佐子さんの言葉に耳を疑った。

この結婚披露宴は贅沢を極めたもので、総費用七百万円の案件だった。手付金として百万円を契約時にいただき、前金として先週木曜に三百万円、披露宴後に残金が支払われる予定だった。

智佐子さんは顔をしかめてこめかみを揉んでいる。

「そんな……おふたりの会社は？」

私も眩暈《めまい》がしそうなほどショックを受けたが、どうにかして連絡を取らなければと、頭を回転させる。

「それが、彼の会社は倒産していたの。彼女の方は会社を辞めていて……もうどうしていいのかわからないわ……」

ふたりが見つからなければ、我が社が多額の負債を被ることになる。

「でも披露宴は予定通りやるかもしれません。今は忙しくて連絡が取れないだけで」

「近藤社長にとりあえず連絡しなければ……」

披露宴会場は、金曜日に打ち合わせをした近藤社長のレンタルハウスだった。

そこへ智佐子さんのスマホが鳴った。表示されたのは、たった今話をしていた近藤社長だ。

智佐子さんが電話に出る。

その場で智佐子さんの返答を聞いていると、安城さまから会場のキャンセルがあったようだった。

私たちにしてみれば、どうしてうちに連絡をくれなかったのか怒り心頭だ。

丁寧に近藤社長の電話を切った智佐子さんは、スマホをデスクの上に置きながら深いため息を漏らす。

「近藤社長は今回のキャンセル料はいらないと言ってくれたわ」

それでも安城さまと連絡がつかなければ、うちはひどい損失になる。

「智佐子さん。私、今まで以上に頑張りますから」

「ありがとう。葵。あなたがうちでやってくれたから、どんどん業績も伸びたのよ」

私は首を左右に振る。

「困っていた私を呼んでくれたことは感謝してもしきれません。智佐子さん、頑張りましょう！」

「ええ。安城さまの件は弁護士に相談するわ」

智佐子さんの表情がようやく柔らかくなり、私はホッと安堵した。


それから数日が経った木曜日、外出から戻るとすぐに応接室へ呼ばれた。

ドアをノックして智佐子さんの返事を聞いてから、入室する。

「失礼します」

私は入口で頭を下げてからソファへ進む。

応接室には、三人掛けのソファが二脚とひとり掛けのソファが一脚ある。お客さまは三人掛けのソファに座っていた。

「七瀬がまいりました」

智佐子さんは、ライム色のスーツを着こなした女性に声をかける。

私は名刺入れを手に、立ち上がった女性に近づく。

「ウエディングプランナーの七瀬葵と申します」

私が名刺を手渡すと、相手の女性も私に名刺を差し出した。

「『ザ・セントラル・プレイス・ハーバー香港《ほんこん》』のCEO秘書をしております桜井《さくらい》と申します」

三十代くらいの美しい女性で、秘書と言われればなるほどと納得できる、仕事ができそうな落ち着いた雰囲気を持っている。

私は智佐子さんの隣に腰を下ろす。

世界各国で展開している最高級ホテルのCEO秘書がなんの用なのだろうと、顔には出さないが不思議に思った。

「葵、こちらのホテルで行われる結婚披露宴を、うちで手掛けてほしいと言われたの」

「ええっ？　ホテルがあるのは香港ですよね……？」

私は目を大きくさせる。

「はい。有名なウエディングプランナー七瀬さんに、ぜひ手掛けていただきたいとCEOが申しております」

桜井さんはホテルのリーフレットを私たちに渡す。

「私が指名……」

自分が指名されたことに驚きだった。興味のある仕事ではあるけれど、香港で仕事をするとなると不安も大きいから即答はできない。

「葵、すごいじゃない。光栄なことだわ」

私は先日の負債の件を思い出した。そして戸惑う私に畳みかけるように、桜井さんは報酬額を口にした。

「二、二千万円……!?」

智佐子さんと私は唖然となる。

この仕事が決まれば、私たちの憂い事が払拭される。

「七瀬さんには現地を見てから決めてくださって構いませんので、できれば早急に一度、香港にいらしてください」

「葵、行って。亜貴くんは私が面倒をみるから大丈夫よ。彼女、子供がいるんです」

私が出張するとなると、亜貴は智佐子さんに預かってもらうしかない。これまでなるべく遠方での仕事は避けてきた。でも香港となれば、日帰りでは済まないはず。

「お子さまがいらっしゃるんですね？　ホテルには日本人の保育士がおりますので、どうぞお子さまと一緒にいらしてください」

「あ、でもパスポートがありません」

私も亜貴も外国へ行ったことがない。

桜井さんはハイブランドのスケジュール帳を開いてカレンダーを見ている。

「パスポート申請して受理まで十日あれば大丈夫ですね。……七月二十五日はいかがでしょうか？」

「葵、明日パスポートの申請に行ってきなさい」

「はい」

突然のうまい話に困惑はあるけれど、この仕事が成功すれば智佐子さんの助けになる。

「では、飛行機は私が手配しますので。近いうちにご連絡いたします」

桜井さんはソファから立ち上がり、上品な所作でお辞儀をして帰っていった。

ビルの下まで見送ったあと、私たちは応接室に戻り、しばし口もきけなかった。

そして――。

「捨てる神あれば拾う神あり……だわね。銀行に資金繰りを頼みに行こうと思っていたところだったの」

智佐子さんがそこまで追い込まれていたと知り、私の胸は痛んだ。

「絶対に成功させますね」

不安もあるが、私は依頼主に気に入られるように努力しようと心に誓った。

翌日に申請したパスポートを、一週間後に受け取った。

スーツケースも購入し、三泊分の荷物を用意したり、留守中の仕事をスタッフに振り分けたりと忙しく過ごしているうちに、出発の日がやってきた。

桜井さんからは事前に、朝九時に自宅まで迎えに来てくれるとの連絡があった。

そこまでしていただくのは申し訳ないと辞退したが、彼女の宿泊先である新宿《しんじゅく》のホテルからの通り道だということで、それならばと、お願いした。

香港まで四時間ちょっと。亜貴が機内で退屈して迷惑をかけないように、絵本やおもちゃなどを大きめのバッグに詰め、部屋を出た。

亜貴は飛行機で一緒に出かけられると知って、朝からテンションが高く、私と手を繋ぎピョンピョン跳ねている。彼が背負っているリュックの中にもお菓子とプラスチックのバスのおもちゃが入っている。

「ママー、ひこうきにのるんだよね？　たのしみだなー」

この旅行で亜貴は飛行機の大ファンになるかもしれない。身体いっぱいに喜びを表している亜貴に微笑む。

マンションのエントランスを出ると、黒塗りの高級車が停まっており、ドアの横に桜井さんが立っていた。

紺色の制服を着た運転手が私たちに近づく。

「スーツケースをお預かりします」

「ありがとうございます」

年配の運転手はスーツケースを受け取り、丁寧に車まで運んでいく。

「おはようございます。七瀬さん」

桜井さんは笑顔で私に挨拶してから、亜貴へ顔を向ける。

「なんてかわいいんでしょう。おはようございます。亜貴くん」

パスポートのコピーをメールしていたので、桜井さんの口からすんなり亜貴の名前が出る。

「おはようございます」

亜貴は人見知りをしないので、初めての彼女にもにっこり笑ってペコッと頭を下げて挨拶した。

「とても賢そうな息子さんですね」

桜井さんは亜貴を褒めてくれる。

「ありがとうございます。飛行機は初めてなので、皆さんに迷惑をかけないか心配です」

「騒いでも大丈夫ですから。さあ、行きましょう。車に乗ってください」

桜井さんの『騒いでも大丈夫』の言葉に私は首を傾げるが、彼女は迷惑に思わないということなのだろうと解釈した。

スーツケースをトランクにしまい終えた運転手が、後部座席のドアを開けて待っている。

私と亜貴は後部座席に落ち着き、桜井さんが助手席に座ると、高級外車はゆっくり動きだした。

羽田《はねだ》空港が見えてきた。

「ママ、ひこうきとんでるよ！」

離陸して青い空へと飛び立つ飛行機を指さして、亜貴は顔をほころばせる。

途中、車の真上を飛行機が通るのも目の当たりにした亜貴の興奮はすごい。

近いうちにまた空港へ来て、展望デッキから飛行機を見せてあげたいと思った私だ。

車は国際線旅客ターミナルビルのホテル棟の前につけられた。

空港には詳しくないけれど、一般客で賑わうターミナルではなかったので、ここで誰かに会うのだろうかと不思議だった。

入口に英語で『ビジネスジェット』と書かれてあるのが見えて、さらに当惑が深まる。

「桜井さん、ここは……?」

自動ドアの中へ進みながら、私は口を開いた。

「あ、申し遅れました。CEOからプライベートジェットで来ていただくようにと申しつかりました。お荷物はすでに機内へ向かっています」

ギョッとなって、私の目が大きく見開く。

「プ、プライベートジェット……⁉」

「はい。あ、出発二十分前です。どうぞこちらへ」

ありえないほどの待遇に、いろいろ聞きたいことがあったが、桜井さんに先へと促され、仕方なくついていく。

出国手続きは、テレビで見ていたように列に並ぶのではなく、係員にパスポートを見せて出国スタンプを押されただけで済んでしまった。

私たちを招いたザ・セントラル・プレイス・ハーバー香港のCEOは、プライベートジェットまでも所有する大富豪なんだ。

世界が違いすぎて、自分が香港で仕事をするなんてとんでもない気がしてきた。

ドアを出ると、流麗なフォルムの飛行機が目に入る。

「うわーひこうきだぁ!　カッコいいー」

かなり先にある飛行機へと亜貴が走りだしそうになり、私は腕を掴む。

「亜貴、お行儀よくして。それに走ったりしたら危ないでしょ」

「……うん。ごめんなさい」

彼の興奮はわかる。

私でさえ、こんなに近くでプライベートジェットを見たのは初めてだから。

飛行機から搭乗タラップが出ており、パイロットらしき制服を着た男性がふたりと、真紅のスーツを着た女性が三人並んでいるのが見える。

まるで王族を出迎えるような雰囲気に、私はただただ唖然となるばかりだ。

桜井さんはもちろん慣れているのだろう。彼らの前まで行くと、私たちに機長と副操縦士、キャビンアテンダントを紹介した。

「カッコいいーなー。ママ、ぼくもこういうひとになりたい」

素直な子供の言葉に、私は頷く。

「亜貴くん、飛行機の中へ入りましょう。七瀬さん、どうぞ」

桜井さんは私を促す。亜貴とともに数段のタラップを上がり、機内へ入った。

これがプライベートジェット……。

落ち着いたブラウンの壁は機内というより応接室のようで、八席ほどの豪華な座席がある。

「こちらにお座りください。お疲れになりましたら後部にベッドがありますので、いつでもおっしゃってくださいね」

「は、はい」

「ママ！　ベッドだって！　ひこうきのなかにベッドがあるの？」

亜貴の質問は、桜井さんに向けたものだ。

「はい。途中で眠くなったら言ってね。今は座ってシートベルトを着けましょうね」

ひとりで座るには大きすぎる窓際の座席に、桜井さんは亜貴を着席させた。私はその隣の席だ。亜貴のシートベルトを装着した桜井さんは、通路を挟んだ座席に座った。

そしてすぐに機長の挨拶があり、誘導路に向かって機体が動きだした。

「うごいてるよ！　ママ！」

窓から外を覗き込んでは、私に振り返り、顔を紅潮させている。

彼の初めての飛行機がプライベートジェットとは……。智佐子さんに話したら腰を抜かすほどびっくりするに違いない。

亜貴は今日のことを大きくなったら忘れてしまうかもしれない。そのときには教えてあげよう。

機体はいつ浮いたのかもわからないくらい静かに、地上を離れる。

亜貴は興味深そうにずっと外を見ていた。

数分後、シートベルトサインが消えてすぐに、前方にいたキャビンアテンダントが飲み物のメニューを持ってくる。

「私と息子は……トマトジュースをお願いします」

トマトは亜貴の大好物だ。

「七瀬さん、アルコールも各種取りそろえていますが?」

桜井さんだ。

「アルコールはけっこうです。ありがとうございます」

遊びじゃない。仕事で来ているのだからと断る。

それに、アルコールはまあまあ飲める程度で、ものすごく好きというわけではない。

「わかりました。すぐに食事が出ますので」

桜井さんは微笑んで、キャビンアテンダントに自分の飲み物を頼んだ。

四時間と少しで、プライベートジェット機は香港国際空港に降り立った。

涼しい機内から外へ出て、暑さにクラッとした。

日本より蒸し暑い。紺の半袖のワンピースは綿素材で普段はサラッとしているけど、汗が出てきて肌にくっつく。

「こちらです」

空港の建物内に入り、やはり並ばずに入国手続きをしてから、桜井さんは私たちを再び屋外へと案内する。

そこでまたも私は驚愕してしまう。

黒塗りのヘリコプターに乗るように言われたからだ。

今度はヘリ……。

飛行機を降りて残念がっていた亜貴は再び目を輝かせる。

「ママっ、あれにのるの？」

「そうみたい」

そう言うとバンザイをするようにしてはしゃぐ。

飛行機の中で、亜貴は興奮からかまったく眠らなかった。ホテルへ着いたらあっという間に寝てしまいそう。

桜井さんの先導で、私たちはヘリコプターに乗り込んだ。

二十分後、私はザ・セントラル・プレイス・ハーバー香港の最上階にあるCEOのプライベートルームの前にいた。

亜貴は、四十代くらいの日本人女性保育士と隣の部屋にいる。私がCEOと話をしている間面倒をみてくれるという。

天井に届きそうなくらい大きな観音開きのドアが開かれる。豪華な内装に、絵画や壺《つぼ》などの調度品が目に飛び込んできた。

だけど、プライベートジェットやヘリコプターに驚かされっぱなしの私は感覚が麻痺してしまったのか、あれだけのものを持つ人なのだから、これが当たり前なのだとさえ思うようになっていた。

「こちらのお部屋でお待ちください。どうぞソファにおかけになっていてくださいね」

私をここまで案内してくれた桜井さんは出ていこうとしている。

思わず私は彼女を呼び止める。

「桜井さん！　桜井さんはこちらにおられないのですか？」

「ええ。CEOとふたりで会っていただきます」

つい今まで桜井さんが一緒だと思っていた私は動揺する。言葉の壁だ。

「私、英語はそれほど……中国語もできませんし……」

「大丈夫です。CEOは日本語を話しますので」

そう言われて、私は胸を撫で下ろす。

「では、亜貴くんのことはお任せくださいね」

桜井さんは微笑むと出ていった。

広い部屋だった。ソファは最高級の本革を使っているのであろう美しい艶《つや》がある。チェストやテーブルなどはイギリスのアンティーク家具のようだ。

職業柄、こうしたものに触れる機会もあるが、それらとは桁違いに高級だった。

部屋に入り、立ったまま三分ほどが経過した。手に葵色の名刺入れを持ち、すぐに挨拶ができるようにしている。

ソファに座ってと言われても……。

大きな窓から見えるのは、九龍島《クーロンとう》のビル群だろうか。近づいて見たくなる気持ちを抑える。

一応、ザ・セントラル・プレイス・ハーバー香港の位置は、香港島にあるとインターネットで調べていた。

CEOとの話を終えたあと、景色はゆっくり見られるだろう。治安も悪くないようだから、有名な夜景を見ながら亜貴と散歩がしたい。

そこへ小さくノックがされ、直後にドアが開いた。ドアに背を向けていた私は振り返り、入ってきた人物に心臓が一瞬止まり、息をのむ。

もう二度と会わないと思った人が、少し緊張した面持ちで近づいてくる。

記憶にある彼より、さらに男らしさと色気を兼ね備えた極上の男性になっていて、私の足はジリッと後退する。

彼は見事な体躯にフィットしたフルオーダースーツを着ており、髪は以前より少し短くなっていた。颯爽《さっそう》とした身のこなしは、見るからに成功者だ。

「葵」

やっぱり彬さんだった。その声は懐かしい記憶を呼び起こす。

「ど、どうして……」

私の頭の中は混乱していた。なぜここに彼がいるのか、ＣＥＯとどんな繋がりがあるのか。

目の前に立った彬さんは、私を引き寄せ抱きしめた。

「あ、彬さんっ！」

放してもらいたくて、彼の腕の中で身じろぐ。

「すまなかった」

「えっ……」

ふいに耳元で謝られ、びっくりした私の動きが止まる。

彼の謝罪の意味がわからなかった。

「妊娠した君を知らずに手放した……後悔している」

身体を腕の分だけ離してくれたが、私の両腕はまだ彼の手に掴まれている。

彬さんの顔が近く、見下ろす瞳の色までよく見えてしまう。今はブラウンではなく、黄色みがかったヘーゼル色。

「わ、別れたときは、妊娠していたことを私も知らなかったの」

「連絡を断ったのは俺だ」

「……頭が混乱してるの。落ち着かせて」

私は暴れる心臓を感じながら、彼の手から逃れて数歩離れる。

そんな私を、彬さんはヘーゼル色の瞳で見つめている。

「座って。ちゃんと話がしたい」

彬さんはそう言って私をソファに座らせると、バーカウンターの横にある冷蔵庫からピッチャーを出して、グラスに注いで戻ってくる。

「レモンティーだ。飲んで」

素敵なグラスにレモンのスライスが入った冷たいお茶を私に手渡す。

受け取る私の手は震えていて、両手でグラスを持つ。

無理もない。こんなに驚かされたのだから。

彬さんもグラスを持って、なぜか対面のソファではなく、隣に腰を下ろした。

私はごくごくとレモンティーを飲み、気持ちを落ち着けようとした。

レモンティーの味がわからないほど混乱している。

「葵、俺は後悔している。今までひとりで子供を育てさせて申し訳なかった」

彼の顔に悔恨《かいこん》の念が表れていた。

彬さんに謝られ、なんて返事をしたらいいのかわからない。

どうして今さら呼び寄せて、謝るの……？　それに亜貴を自分の子だと疑わないなんて……普通だったら、自分の子なのかと疑うんじゃ……。

私はグラスをテーブルに置いて、彬さんへ顔を向ける。

「六年間も音沙汰がなかったのに、どうして今頃……こんなところまで呼び寄せたの？　この話をするためにプライベートジェットやヘリに乗せて、桜井さんに連れてこさせたの？」

そうだとしたら、私なんかのために大金を使い、はるばる香港まで来させられるC

ＥＯと彬さんの関係が気になる。

「最初から話そう」

久しぶりの彬さんは、六年前より男っぷりが上がっていた。以前も堂々としていたけれど、今は上に立つ者の雰囲気があった。

私は困惑した瞳を彬さんに向ける。

別れてから彼のことを忘れようとしていたけれど、日々、彬さんによく似てくる亜貴を見ていたから、本当は片時も頭から離れることはなかった。

香港へ来たことも、彬さんが目の前にいることも、すべてが夢のようだ。

私たちが別れたのは義理の父親がついた嘘を、私が否定しなかったせい。私は嫌われてもかまわないから、彼を守りたい一心だった。

彬さんが突然仕事を辞めたときはショックだったけど、これでいいのだと自分に言い聞かせた。

その一カ月後、私は義理の父親から逃れるために仕事を辞め、伊豆《いず》の温泉街で仲居として働き始めた。

彬さんを忘れて、心機一転、ひとりで生きていくつもりだった最中、妊娠が発覚した。

貯金もなく、妊娠して仲居としての仕事が務まるのか。そもそも働かせてもらえるのか。それに産んだあとは生活できるのか、かなり悩んだ。

だけど母も亡くなり、私には肉親と呼べる人がいない。慈《いつく》しむ存在が欲しくてならなくて、亜貴を産む決心をしたのだ。

幸いなことに、宿の女将《おかみ》さんはとても優しくて、身重の私をそのまま雇ってくれて、出産後も仲居の宿舎に住まわせてくれた。

だけど赤ちゃんを抱えて仲居の仕事はできず、次の働き先を探していたときに智佐子さんに救われて今に至っている。

産むと決めたのは私。彬さんに恨み言なんてない。むしろ彼の立場になってみたら、突然血を分けた子供がいて、憤りを感じたかもしれない。

「まず聞かせて。仕事で呼んだんじゃないの……？」

そうでなければ、智佐子さんをがっかりさせてしまう。

「いや、仕事はしてもらいたい。ウエディングプランナーとしての君の評判をつい最近知ったんだ。びっくりしたくらいでは済まないくらいに驚いたよ」

私は仕事があると聞いて安堵した。

「仕事の件もあるが、俺は葵とやり直したい。だからこんな手を使って、君をここに呼んだ」

「こんなに豪勢な協力をしたCEOは寛大な人なのね」

「葵、CEOは俺だ」

サラッと言われ、すぐにはのみ込めない。彬さんの言葉を頭の中で反復してから、吃驚《きっきょう》する。

衝撃すぎて信じられない。彼はホテルの経営戦略課にいた会社員だ。どうしてイギリス系の超高級ホテルのCEOになれるのか。

「からかわないで。おもしろい冗談だけど、現実味がないもの」

私は彬さんが白状しやすいように微笑む。

彼はどうしてなのか満足げに口元を緩ませ、ポケットから名刺入れを出し、一枚私に渡す。そこには英語でここのホテル名が書かれ、彼の名前の上に【Chief Executive Officer】と入っていた。

「……本当に？」

唖然となりながらようやく口を開く。

私は誰と付き合っていたの……？

「俺があのホテルにいたのは勉強のためで、母方の祖父が経営していたこのホテルを継ぐことは決まっていたんだ」

　彼は御曹司だったの……？

「葵は俺を義理の父親から守るために別れたんだろう？　ＣＥＯに就任後、考える余裕ができたときには、すでに君の居場所がわからなくなっていた」

　義理の父親と最後に会ったとき、『あの男がどれだけ金持ちなのか知りたいか？　逃げられて残念だったな』と言われたのを思い出す。

　あの話は本当だったのだ。義理の父親は彬さんの素性を調べ済みだった。

「あの人のことは今でも恥ずかしい……あのあと……交通事故で亡くなったの」

「そうだったのか……」

「私はあの人から逃げるために、ホテルを辞めて――」

「すまない。辞めてからのことは最近になって調べさせてもらった。苦労をさせてしまい、謝りようもない。ひとりで産んで、育てるのはどんなに大変だっただろう」

　彬さんの手が私の頬に伸びる。その手から逃れるように頭を引く。

「葵？」

「勝手に……子供を産んだことは申し訳なかったけれど、私はここへ仕事をしに来たんです」

「最後まで聞いてくれ。俺は葵と結婚したい。亜貴の父親になりたいんだ」

突然のプロポーズに私は息をのむ。

「葵、君が俺を守るためについた嘘を見抜けなかったことをずっと後悔していた」

彬さんの表情はつらそうで、心からそう思っているのかもしれないと思う。

だけど付き合ったのは三カ月ほど。あのときでさえ、私は彬さんのすべてを知らなかった。なのに、いきなり結婚なんて言われても頷けない。

「その気持ちだけでいいの。私たちはあのとき終わったの。今の私は順調――」

「君は俺の血を分けた子を産んでいる。終わってなんかいない。よく考えてほしい」

このプロポーズは私をまだ愛してくれているから？　それとも亜貴に対しての義務感から……？

いや、今の彼に私への愛があるわけない。別れたあと、なにも残さずに消えたのだから。

「彬さん……あの子はあなたの子供じゃない。別れてすぐに付き合った彼との子よ」

自信に満ちた声で告げたはずなのに、彼は鼻で笑った。

「俺の小さい頃にそっくりだというのに？　検査などしなくても、彼が俺の遺伝子を強く受け継いでくれていることは一目瞭然だ。下手な嘘はつかないで」

誰が見てもふたりが並んでいたら、親子だと言うだろう。それでも意地でも認めたくない。

「本当に違うのっ！」

強く否定した瞬間、私は彬さんの方へ引き寄せられ唇をふさがれていた。

「んんっ……」

唇を重ねたときから、舌がねじ込まれる強引なキスだった。抵抗しようと彼の胸に手を置いて離れようともがくけど、後頭部を押さえる手には敵わない。

気づくと彬さんのキスに応えていた。

彼のキスは六年前の甘い時間の記憶を呼び覚ます。それと同時に安堵感が胸に広がっていく。

私は今でも彬さんを愛している。でも……彼は……？　責任感だけで一緒にはなれない。

「葵、今でも君が欲しい。俺たちはうまくいく。YESと言って」

少し腫れた感覚のある私の唇に顔を近づけたまま、彬さんはゆっくり指先を這わせ、そっと囁く。

「……時間が欲しいの」

「時間？　どのくらいだ？　俺はすぐにでも君たちと一緒に暮らしたい」

彬さんの言葉は力強いものだった。

「すぐになんて無理よ。彬さんはどこに住んでいるの？　私はあなたのことをなにも知らないのよ？」

「ここに住んでいる。両親はイギリスにいて、父はロンドンの系列ホテルの会長だ。祖父母も元気にしている」

「……私たちのことは？」

話していなかったら、驚いて反対されるだろうと思う。こんな由緒のある家系に、身寄りのない私は相応《ふさわ》しくないから。

「話した。電話越しだが、こっぴどく怒られた」

「そうよ！　どこの馬の骨かもわからない女に子供を産ませたりしたら、怒るに決まって――」

「葵、そうじゃない。両親が怒っているのは、俺が君を放っておいたことにだ。君たちのことは歓迎していて、すぐにでも会いたいと言っている」

まさか……私たちを受け入れてくれているなんて……思ってもみなかった。

私は彬さんの視線から逃れるように立ち上がり、窓辺に近づく。

冷静に考える時間が欲しい。彼に触れられる距離にいたら、キスだけで屈服させられてしまいそうだ。

大きな窓の近くへ行くと、見たことのない景色が広がっていた。ここはかなりの高層階のようだ。

海……？　川……？　小さな船が何艘も行き交っている。いくつもの高層ビル群。とても魅力的な場所だと思った。

ヘリコプターの中では音がうるさく、窓を覗き込むのが怖くて景色を見られなかった。そうこうしているうちにあっという間に、ホテルの屋上に着いてしまったから。

ふと背後を振り返ってみると、予想に反して彼はソファに座ったままこちらを見ていた。

目と目が合ってしまい、なにげなさを装って再び窓の外を見る。

しかし今度は視線を景色に向けながらも、頭の中では彬さんのことを考えていた。

彼に見られているだけで、身体が疼《うず》いてくる。

あの頃よりも精悍さを増した彬さんに惹かれている。

でも……。

どれだけ悩んでも今は結論なんて出せない。あまりにも突然のことだから。

「葵」

すぐ後ろで呼ばれ、私のビクッと肩が跳ねる。

ぼんやり考えているうちに、彬さんがソファを離れていた。

「……六年間、遠いところにいたのね」

そして自分とは遠い世界に彬さんは住んでいる。ううん。もとから住む世界が違う人だった。

「遠くない。日帰りだってできる距離だ」

「でも……私を見つけたのは偶然……それがなければ私を思い出すことなんてなかったでしょう？　いいの。私は亜貴とふたりの生活で幸せよ」

強がっているのを見破られないように微笑む。

「確かに偶然だったが、別れてから葵を手放せないと悟り、一年間ずっと探していた。だけど君は消えていなくなっていたんだ。優秀な興信所に探させても見つからなかった」

探してくれていたと聞き、私は驚いた。感動している自分がいる。

「信じられないのなら、興信所の記録を見せる」

「……本当に探してくれていたんだと信じる。けれど時間が欲しいの」

そう言ったとき、部屋の中にチャイムが響く。彬さんは私に「すぐに戻る」と言って、部屋を出ていった。

そして彼は泣きべそをかいている亜貴を抱っこして戻ってきた。

亜貴は泣きながら目をこすっているけど、彬さんに抱っこされている姿はずっと過ごしてきたような親子に見えた。

「ママー」

私を見つけた亜貴は彬さんに抱かれながら腕を伸ばす。亜貴が私の腕の中にやってくる。

「どうしたの？」

「おきたら、ママがいなくて……」

亜貴は嗚咽《おえつ》を一生懸命こらえようとしている。

「びっくりしたのね。大丈夫よ」

小さな背中をトントンと優しく叩き、亜貴の気持ちを静めようとする。

「ママ、このおじちゃん、だあれ？　もういっかい、だっこして」

落ち着いた亜貴は、彬さんのことが気になるようだ。やはりなにか惹きつけるものがあるのかもしれない。亜貴はすんなり彼に手を伸ばす。

彬さんが了解を得るように視線を向けてきたので、私は頷く。

「おいで」

彼の優しい声に、私が言われたわけじゃないのに胸がキュンとなる。

亜貴は私の腕から、彬さんのもとへ移動した。

「おじちゃん、カッコいい」

突然亜貴の口から出た言葉に、彬さんは面食らった顔になってからフッと微笑む。

「ありがとう。君もカッコいいよ。おじさんはママの知り合いなんだ」

五歳なのにかわいいより、カッコいいと言われるのが好きな亜貴は照れながらも満面の笑みになる。

「そうだ。起きたのなら喉が渇いているだろう？　葵、飲み物をあげていいか？」

ふたりの様子を眺めていた私はふいに話しかけられて、ハッと我に返る。

「え？　ええ」

彬さんは亜貴を抱っこしたまま冷蔵庫に向かう。

私だったら亜貴を下ろしてから冷蔵庫を開けるだろうけれど、彬さんはしっかり腕に抱いたまま飲み物を選んでいる。

「葵、絞ったオレンジジュースとマンゴージュースを用意させていたんだが、亜貴は飲めるのか？」

「ぼくのめる！　オレンジの、あれがいいな」

私が返事をする前に、亜貴が答える。

「わかった。グラスに入れよう。葵、いいね？」

「ええ……わ、私が入れるわ」

彬さんからオレンジジュースのピッチャーをもらい、カウンターに用意されてあるグラスに注いだ。

ソファに座らされた亜貴はオレンジジュースをゴクゴク飲んでから、私に顔を向けてにっこり笑う。

「すごくおいしいよ。ママ、あそこにいってもいい？」

亜貴はニコッと笑い、窓を指さして聞く。

「いいわよ」とＯＫを出すと、亜貴はソファをスルスルと降り、窓の方へ歩いていった。

その様子を見守っていた彬さんは口を開く。

「素直で、とてもかわいい子だ」

褒めてもらい、私はまんざらでもない。

「亜貴にはカッコいいって言ったのに、今はかわいいって。どうして……？　亜貴はカッコいいって言われるのが好きなの」

「俺も小さい頃、カッコいいって言われる方が嬉しかったんだ。彼を見ていたら、ふと思い出してね」

やはり血は争えないということなのだろうか。

「葵、今夜は彼を寝かしたら、ふたりだけでディナーをしてくれないか？」

「彬さん……」

「お願いだ。君と一緒に過ごしたい。明日はみんなで出かけよう。亜貴も一緒に楽しめるところもあるから」

一緒に出かけられたら、亜貴はとても喜ぶだろう。

そんなことを考えていると、彬さんは私の手に手を重ねる。

「俺は全力で君が結婚したいと思うように努力する」

真摯なまなざしで見つめられ、近くに亜貴がいるのに、そのヘーゼル色の瞳に吸い寄せられそうだった。

私と亜貴は彼のペントハウスの一室に滞在することになった。

信じられないくらい広いペントハウスだ。先ほどいたリビングは私のマンションの部屋が四つくらい入りそうな広さで、そのほかにも部屋が多数あるようだ。

ここが彬さんの六年前からの家だったのね……。

「ママー、すごいおへやだね」

案内されたのは、キングサイズのベッドが中央に鎮座した、ゴージャスな部屋だった。金の蛇口《じゃぐち》のついた浴槽のあるバスルームやトイレもついている。

「そうね。こんなところで寝るのは初めてね」

亜貴は嬉しそうに、ふかふかのベッドにダイブする。子供だったら誰でもやるだろう。私だってしたいくらいなのだから。

「すごーい。ママっ、きもちいいよー」

楽しんでいる亜貴は、私に来てと手招きをする。その誘惑に勝てずに私も亜貴の隣に転がった。

「本当に気持ちいいわね」

「うんっ！　おうちのも、こうだといいな」

なにげない亜貴の言葉に考えさせられる。

亜貴は彬さんの子供……。私ではさせてあげられないことを、彼はできる。

でも……彬さんに愛がなければ一緒になっても茶番劇でしかない。

そこで、ハッとなる。

彬さんに愛されたいと思う自分に気づいたからだ。

「亜貴、お風呂に入ろうか」

時刻はもうすぐ十六時になる。亜貴をお風呂に入れて、夕食を食べさせてから寝かせる。そのあとに、彬さんとディナーだ。

このペントハウスで食事をするから、亜貴が目を覚ましてもすぐに駆けつけられる。

「うん！」

亜貴はベッドを降りた。

食事会もあると桜井さんから聞いていたから、ドレスとまではいかないが、パンツスーツを持ってきていた。

ライラック色で、ノースリーブ。スクエアカットの胸元で、女らしくそれでいてしっかりしたビジネスウーマンに見えるようにチョイスしたものだ。

黒髪を後ろにひとまとめにし、ゴールドのバレッタで留める。アクセサリーは母が唯一残してくれた一粒のダイヤのネックレス。

普段は指輪などの装飾品は身につけていない。ウエディングプランナーとして有名になるまでは生活を切り詰めていたし、特に必要とは思わなかった。そして今も、母が残してくれたネックレスだけで満足している。

今夜のディナーで、仕事の話を聞いておかないと、気になって仕方がない。智佐子さんに報いたい一心だ。

振り返り、ベッドでスヤスヤ眠っている亜貴を見てから、部屋の明かりを少し落とし、ドアを開けたままにして、彬さんの待つ部屋へ向かった。

ダイニングルームのドアは開けられており、私が入るとちょうどホテルスタッフが別のドアから出ていくところだった。

室内はいくつもの蝋燭《ろうそく》の灯りが揺れ、ロマンティックな雰囲気に包まれている。

私の姿に気づいた彬さんは、颯爽とした足取りで近づいてきた。

彼は黒いディナースーツを着ており、誰が見ても素敵で、成功者の風格を漂わせている。

「葵、亜貴は寝た？」

「ええ」

六年ぶりのふたりだけのディナーに、私の鼓動は早鐘を打ち始めて、まともに彬さんの顔が見られない。

「少ししたらナニーが部屋で彼を見てくれる」

コクッと頷くと、長い指が私の顎に触れて上を向かされる。

「なんて綺麗なんだ。君は六年前より、さらに美しくなった」

彼は付き合い始めたときも、恥ずかしくなるぐらいに褒めてくれた。外国の血がそうさせるのだろうか。

サラッとした黒髪に、ヘーゼル色の瞳。以前から彬さんは女性にモテていた。この六年間、結婚したいと思う人はいなかったのだろうか。女性が放っておかなかったのではないかと思う。

「葵……キスしたい。我慢できない」

彼は了承を求めているわけではなく、すぐに唇を重ねてきた。

熱く貪《むさぼ》るようなキスに、私の身体が即座に疼き始める。

彬さんは角度を変えて何度も私の唇を堪能《たんのう》するようにキスをした。

そこへドアがノックされ、彬さんが残念そうに離れる。

「ナニーが来たようだ」

言葉が出ずに頷くと、長い黒髪が頬をくすぐった。

え……？

ドアに向かう彼の手には私のバレッタがあった。

ふいに彼が『葵は髪を結ぶより、おろしていた方がいい』とよく言っていたのを思い出す。知らないうちに外されたことにびっくりするが、彼のこういった強引なところも好きだった。

「葵、ナニーを紹介しよう」

彬さんは年配の女性を連れてきた。一瞬、中国人に見えたけれど、自己紹介で日本人だとわかった。

「川口《かわぐち》と申します。お坊ちゃまのお世話はお任せください」

保育園の園長先生のような優しそうな雰囲気で安心する。

「七瀬です。息子の名前は亜貴といいます。一度寝たら起きないと思いますが、よろしくお願いします」

「かしこまりました」

亜貴が眠るゲストルームに彬さんは川口さんを案内して、すぐに戻ってくる。

「食べよう」

彬さんは私の背に手を置いて、食事が用意された大理石の丸テーブルへ案内する。

「せっかくだから、中国料理にしたんだ」

紳士的にイスを引かれ腰を下ろすと、彬さんは対面ではなく隣に座る。

首を傾げて見ていると、彬さんがフッと笑う。

「テーブルが大きすぎるだろう?」

確かに対面の席では、会話するには遠いかもしれない。

テーブルの上には北京ダックをはじめ、数種類の飲茶《ヤムチャ》が並べられていた。ちゃんと熱々で食べられるように、蒸籠《せいろ》の下は温められている。

「飲茶には意外とスパークリングワインが合うんだ」

彬さんは細長いグラスにスパークリングワインを注ぐ。

「乾杯しよう」

グラスを少し上げて私のグラスと合わせる。そして彬さんは私の目を見つめたままひと口飲む。

彼の艶のある眼差しに、胸がドキドキ暴れてくる。

「……いただきます」

私は極上のスパークリングワインをひと口飲んでから、食べることに集中しようと、透明な薄い皮に包まれた点心を口にする。

それは今まで食べたどの点心よりも素材ひとつひとつがしっかりしていて、噛むごとにジューシーな味わいだった。

さすが香港の最高級ホテルの料理。

彬さんは料理に手をつけずに、イスの背もたれに身体を預けて足を組み、食べる私を見ている。

「そんなに見ないで。彬さんもどうぞ」

「どうすれば六年の時間が埋められるか考えていた」

「……それは過去に戻らない限り無理です。そんなことを考えていないで食べて」

今となっては、六年の歳月を惜しんでもなにも変わらない。大事なのはこれから。

彬さんは北京ダックの皮を取り、慣れた様子で具材をのせてから巻くと、私に差し出す。

「あ、ありがとう」

受け取ろうと手を伸ばす私に、彬さんは顔をしかめて首を左右に振る。

「手じゃない。口だ」

彬さんは私の口元にそれを持ってくる。戸惑う私に、彼は楽しそうに笑ってみせた。

「昔はこうして食べさせ合っただろう？　忘れた？　思い出して」

忘れてなんかいない。彬さんと一緒にいると、当時のことが次々と思い出される。

「口を開けて」

親密なしぐさに当惑しながら、北京ダックをパクッと口に入れた。

咀嚼《そしゃく》するところもじっと見つめられて、食べづらい。

「……北京ダックも美味しいです」

「仕事のことが気になって、落ち着かないのか？」

それもあるけど、彬さんの存在を意識しないではいられないのが一番の理由だ。

「香港で人気の俳優が、うちのホテルでクリスマスに結婚式を挙げる。彼が君のことを知り、俺に提案したんだ。七瀬葵と聞いて、しばらく立ち直れないくらい驚いたよ」

「人気の俳優さんが私を？　びっくり……」

私は目を瞬《しばたた》かせた。

「受けるか、受けないかは葵の自由だ」

「お仕事、受けさせていただきます。そうでなければここに来ないわ」

「わかった。その件は進めさせてもらう。今は仕事のことは忘れて、夕食を楽しんでほしい。いいね？」

彬さんは私の目をまっすぐ見て約束してくれた。

本当に仕事があったことにホッとして、私は頷いた。もしかしたら仕事の話は、私を呼び寄せるための口実だったのかもと懸念していたのだ。

クリスマスは記憶している限り、まだ結婚式の予定は入っていない。

「葵？　仕事のことを考えている？」

考え事をしていた私の手に彬さんの手が重ねられる。

「ご、ごめんなさい」

「どれだけ仕事を頑張ってきたのか、今の葵を見ているとわかるよ」

そう言った彬さんはつらそうな顔になる。

「彬さん……」

「本当に……六年という月日はどうすることもできないんだな。君が大変なときにそばにいなければならなかったのに」

「彬さん……、その歳月で私は大人になったし、こうなったことは仕方ない。私の意思で決めたんだから」

むしろ……私が父親としての時間を彬さんから奪ってしまった……。

「もうこの話はやめよう。大事なのは、これからどうするかだ。葵に信じてもらえるように努力する。料理が冷めてしまうな。早く食べよう」

それから私たちは食事をしながら、さまざまな話をした。

彬さんは自分の家族のことも話してくれて、気づくと三時間が経っていた。

窓の外には素晴らしい夜景が広がっていたけれど、話に夢中になって見ることを忘れていた。

「今日は疲れただろう。明日は朝食を食べてから出かけよう。マカオへ行こうと思っているんだ。パスポートを用意しておいて」

マカオと言われてびっくりしたけど、高速船で一時間、ヘリコプターだと二十分ほどだと聞いて、さらに驚いた。

彬さんは亜貴が眠るゲストルームの前まで送ってくれ、ふいに私の両肩に手を置いた。

「ゆっくり休んで。おやすみ。今日はふたりの時間が持てて嬉しかったよ。ありがとう」

私の額にキスをして、彬さんは離れる。

おでこへの軽いキスだけでは寂しく思ってしまい、そんな自分を心の中で笑う。

彬さんの魅力にはあらがえないのだ。

ドアを隔てた向こうに川口さんがいるのに……。

彬さんがドアを小さくノックすると、中から川口さんが姿を現した。

「一度も目を覚まされませんでした」

「ありがとうございます」

川口さんは私たちにお辞儀をして去っていく。

「亜貴の寝顔を見てもいいかい？」

私は返事の代わりに身体を横にずらして、彬さんを部屋の中へ進ませる。

彼はベッドに近づき、ぐっすり眠っている亜貴の顔を見つめた。

「触れたら起こしてしまう？」

囁くような声に、私は頭を横に振る。

「ううん。いつも深い眠りだから大丈夫だと思う」

彬さんの長い指は亜貴の頭をそっと撫で、おでこにかかる髪に触れる。それから身体をかがめて、柔らかい頬にキスをした。

その亜貴を見つめるまなざしと、ふんわりと優しいキスに、私の胸はキュンと切なくなる。

彬さんは身体を起こし、私に向き直る。

「君たちがここにいて、俺がどんなに幸せかわからないだろうな。ありがとう、葵。

おやすみ」

彬さんは私の唇に触れるだけのキスをして出ていった。

ドアが閉まり、私は熱を持った唇を指で触れる。

彬さんにしてみればこの六年、息子の成長を見守る時間を奪われてしまったのだ。

妊娠がわかったとき、彼と連絡が取れなくて、そのまま探すのを諦めてしまったけれど、探偵を雇ってでも伝えればよかったと後悔の念に苛まれる。

彬さんは別れたあと、私を探そうとしてくれていたと知り、とても嬉しい。

過去を悔やむよりも、これからどうするのかを考えなければ。

翌朝、私はドスンという振動と、亜貴のクスクス笑いで目を覚ました。

まだ眠い目を開けると、パジャマ姿の亜貴がベッドの上に立っている。

「おじちゃん、やっとママおきた！」

えっ⁉

眠気が一気に吹き飛び、身体を起こす。

ベッドの横には彬さんがいて、亜貴が転ばないように手を握っている。彼はすでに黒のTシャツとデニムのカジュアルな姿だ。

「彬さんっ」

「おはよう。リビングにいたら亜貴が起きてきたんだ」

「ごめんなさいっ、私、寝坊を」

すっぴんで寝起きの顔を見せてしまい、恥ずかしくてならない。

「いや、まだ六時だ」

いろいろなことを考えていたら眠れなくなって、さっき寝たような感覚だ。

「亜貴に朝食を食べさせるから、まだ寝ていてもいいよ」

「ううん。起きるわ」

ベッドから降りた亜貴はにっこり笑う。

「ママ、おじちゃんとむこうにいってるね！」

ワクワクが止まらないといった亜貴は彬さんの手を握って、部屋を出ていった。

そのふたりの後ろ姿を見送る私の考えは、少しずつ固まってきている気がした。

白地に小花柄の半袖のAラインワンピースに着替え、メイクを軽く済ませてから、ブラシを手に取る。

後ろでひとつに結ぼうかと思ったけれど、ブラッシングしただけにした。

私、彬さんの好みに合わせようとしている……。

部屋を出てリビングへ歩を進めると、ふたりは窓に頭をくっつけた体勢で外を見ていた。

彬さんは亜貴に合わせてしゃがんでいる。ふたりの並ぶ後ろ姿が微笑ましくて、私は口元を緩ませる。

亜貴は興奮しながら、なにやら下に向かって指を差している。このままでは一日持たないくらいの張り切りようだ。

無理もないか……。

保育園に迎えに来る園児の父親を見て、『どうして僕にはお父さんがいないの？』と、聞かれたことがある。父親を切望していたに違いないのだから。

「あのおふねにのりたいな」

亜貴の声が聞こえてくる。

「明日乗りに行こう。今日はヘリコプターで遊びに行くんだ」

彬さんの答える声がとても優しくて、私の胸がギュッと鷲掴みされたみたいに痛んだ。

「ほんとうっ？　おでかけできるの？　でも……ヘリコプターはママがこわがってた」

「ママが怖がっていた？　そうか……」

私は、顎に手を当てて考え込む様子になった彬さんに近づく。

「彬さん、外を見るのが怖いだけだから大丈夫よ。亜貴、お出かけできるからね」

「あ！　ママっ！」

振り返った亜貴は私のところへ走ってくる。

「ほんとう？　おでかけできるの？」

「できるから、着替えようね」

私は彬さんに断り、亜貴を着替えさせるためにゲストルームへ戻った。

イギリス式の朝食を済ませた私たちはホテルのヘリポートから、マカオへ飛んだ。

自家用車みたいに簡単にヘリコプターを利用する彬さんの財力に、改めて驚いてしまう。

離陸してから二十分ほどで、隣のマカオへ到着した。

ヘリポートから迎えの車に乗って、パンダのいる石排湾郊野公園《シーパイワンジャオイエゴンイエン》へ向かう。

世界遺産が一日では回り切れないほどあることは知っていたけど、それだけじゃなく見所がたくさんあって楽しめるところだ。

天気がよく暑いけれど、帽子をかぶった亜貴は元気いっぱいで、目に映るものすべてに興味津々だ。

「おじちゃん、あれはなんてよむの？」

亜貴は中国語で書かれてある『石排灣郊野公園』の文字を指さす。

いくらなんでも中国語は無理よね、と思っていると——。

「あれはシーパイワンジャオイエゴンイェンと読むんだ」

彼は見事な発音で亜貴に教えている。

「しー、ゴン……イエン？」

亜貴は首を傾げながら、彬さんの真似をする。

「まだ亜貴には難しいな。勉強すれば話せるようになるよ」

「彬さん、中国語もできたのね？　英語はもちろん流暢《りゅうちょう》だけど」

「ああ。小さい頃、香港に住んでいたからね」

そうだったんだ。昨晩、彼は家族のことをいろいろ話してくれたけれど、まだまだ知らないことがたくさんある。

私たちは先を進み、パンダや猿、フラミンゴなどを見て回る。

大型カジノリゾートには虚擬水族館《シュニスイズーガン》というバーチャル水族館があって、人魚が巨大スクリーンの中を魚たちと泳ぎ回っている。

亜貴は不思議そうだったけど、楽しんでいたようだ。

ホテルでの昼食後、彬さんは私のために世界遺産の聖《セント》ポール天主堂跡《てんしゅどうあと》へ連れていってくれた。

車に乗って移動中も亜貴は彬さんに質問ばかりだけど、彼はしっかり答えてくれる。

マカオタワーを見学中、亜貴は疲れて彬さんの腕の中で眠っていた。亜貴はすっかり彬さんに心を許している。

外に出て歩いていると、亜貴が目を覚ます。元気を充電した彼はすぐに彬さんの腕から降りた。

「おじちゃんっ！　さっき、ぼくたちあそこにいたんだよね？」

亜貴は彬さんのことを『おじちゃん』と呼ぶ。そのたびに彬さんが寂しげな笑みを浮かべるのを見てきた。

でも……、もう……。

「亜貴っ、よく聞いて。彼は亜貴のパパなの」

私はこれからの第一歩を踏み出すことに決めた。

彬さんが亜貴を大事にしてくれているのがわかったし、これからふたりには心から親子関係を築いてほしい。

亜貴はすでに彼に懐いている。ふたりを引き離すなんて考えられなくなっていた。

「葵⁉」

まさかこんなところで亜貴に話すとは思っていなかったのだろう。彬さんは驚いている。

「ママっ！ ほんとう？ ほんとうにぼくのパパなのっ⁉」

亜貴がパパの存在をどんなに喜ぶかは、彬さんに会ったときからわかっていた。

「そうよ。事情があって今までは会えなかったの」

「ママ！ すごくうれしいよ！ ぼくにこんなにカッコいいパパがいたんだ！」

亜貴はバンザイをして飛び跳ねてから、彬さんに抱きついた。

「ずっーと、いっしょ？」

まだ不安なのだろう。

「ああ。そうだよ。亜貴、よろしく」

そう言って小さな息子の身体を抱きしめる。そして亜貴を抱き上げた彬さんは、私へ視線を向ける。

「葵」

彬さんの片手が私を手招く。

私が近づくと、彬さんの腕が腰に回って、固く抱きしめられる。

「最高の気分だ。俺の家族」

彬さんの唇は亜貴の頬に触れ、私の唇にもキスを落とした。

私たちは誤解やすれ違いで遠回りしてしまったけれど、それを悔やんでも仕方がない。

亜貴はこれから父親のいる暮らしができるし、彬さんも息子の成長を見守れる。

私は彬さんの愛がなくても大丈夫。彼を愛しているから。一緒にいられるだけで幸せになれる。これからは家族三人の幸せな生活が待っている。

「葵、愛している。永遠の愛を誓う。もう二度と不安な思いにさせない」

愛の告白をされた私は目を大きく見開き驚く。

「なぜ驚く？」

「だって……」

愛されていると知って、涙腺が決壊しそうだった。

「とっくにわかっていると思ったよ。これからは毎日愛していることを証明する」

真摯な瞳に胸が痛いくらいに高鳴る。

言葉に出せずヘーゼル色の瞳を見つめている私に、彬さんはキスを落とした。

「あーママにキスしてる！」

亜貴は嬉しそうな声をあげた。

息子に冷やかされて、私の頬が熱を持つ。

「亜貴にも慣れてもらわないとな。俺は君にキスするのを我慢できないんだ」

彬さんは顔を赤らめる私に笑いながら言葉にした。

「ぼくに、いもうとができるね！」

突拍子もない亜貴の言葉に、私たちは顔を見合わせる。

「ど、どうしてそう思うの？」

「だってりさちゃんがそういってたの。パパとママがキスしたら、いもうとができたって。ぼくもいもうとがほしかったの」

彬さんは私を抱く腕を解き、無邪気な亜貴を地面に下ろすと、しゃがんで息子と目を合わせる。

「亜貴、パパももっと家族が欲しい。ママにたくさんお願いしような。亜貴のおじいちゃんたちも会いたがっているよ」

「おじいちゃんがいるの？　ぼくすごくうれしいよ！　ママ、はやくいもうとに、あわせてね！」

父親にそそのかされた亜貴は期待の目で私を見る。

私と彬さんが愛し合ったことは数えるほどしかないというのに……。

私は恥ずかしくなって彬さんを睨《にら》む。

すっくと立ち上がった彼は、そんな私に微笑んで耳元に顔を寄せる。

「今夜、君を予約してもいいかい？」

亜貴には聞こえないような囁きに、私は彼と目を合わせないままコクッと頷いた。

視線を泳がせた先にアイスクリーム屋さんのワゴンがあった。

顔が熱くなるのをごまかすように口を開く。

「亜貴っ、アイスクリーム食べようか。ママ暑くなっちゃった」

「たべたい！　パパ、ママっ！　はやくいこっ！」

亜貴は真ん中で彬さんと私の手を繋いで、引っ張るように歩きだした。

END

my all

西ナナヲ

Aisare mama

Anthology

三歳の息子と夕食を終えたあと、もうひとりぶんの食事のしたくをする。

テーブルが整うころ、「ただいま」の声とともにその人はやってくる。

玄関に飛んでいった息子を軽々と抱き上げ、リビングへ入ってくる彼に、私はキッチンから声をかける。

「お帰りなさい」

彼はもう一度「ただいま」と微笑み、息子を抱いたまま洗面所へ行く。ふたりが一緒にお風呂に入る話をしているのが聞こえてくる。

微笑ましい父子の会話。

だけど彼は、息子が寝ついたら自分の家へ帰る。息子はそのことを知らない。

朝になると彼がいなくなっているのは、もう会社へ行ったからだと思っている。

事実は少し違う。

彼がこの家で夜を過ごさないのは、彼がパパではないからだ。

「まゆみ！」

呼ばれて振り返った。

私は高校の制服を着ている。なんの変哲もない紺色のブレザー。冬服のスカートの、ひだが揺れる重さまでが感じ取れる。

駆け寄ってくるのは、同じデザインのブレザーを着た男の子。私はうれしいくせに、それを素直に表すには思春期の真っただ中にいすぎて、話をしたがる彼からわざと距離を置いて、バス停までの道を歩いた。

七年後に彼と結婚するなんて、想像もしなかったころ。

『傘の忘れ物が多くなっております。お降りの際はお手荷物をご確認ください』

車掌のアナウンスに意識を引き戻されたのは、停車した電車の中だった。

窓の外の風景を見て、降りる駅であることに気づき、慌てて座席を立つ。扉が閉まる直前にホームに飛び出した。

「しまった……」

改札階に上るエスカレーターの上で、思わずひとりごちた。

いつも会社帰りの電車の中で夕食の献立を考える。寝てしまったおかげでノープランだ。しかたない。冷凍のひき肉と余りものの野菜でドライカレーにしよう。〝困ったときのカレー味〟は子育て世代の標語だ。

保育園は駅のすぐそばにある。再開発地区であるこのあたりは子どもが爆発的に増えているらしく、次々に保育園が新設される。息子の卓《すぐる》を預けているのも、二年前にできたばかりの園だ。

時短勤務は去年までで切り上げ、今は定時である十七時半まで会社にいる。駅まで急いで狙った電車に乗れれば、十八時過ぎには卓を迎えに行ける。

保育料と生活費と私の収入を秤《はかり》にかけた結果、経済的にバランスがとれていると判断した生活だ。けれど卓は長い時間を保育園で過ごすことになるし、三歳児に適した時刻に寝かせるには、帰宅してから食事、入浴、歯磨き、寝かしつけという過酷なタスクを目まぐるしくこなすことになる。

正解はわからない。たぶん、この先もずっと模索していくんだろう。

「あっ、仁科《にしな》さん、お帰りなさい」

保育園の玄関を入ると、先生が泣きじゃくる子どもを抱っこして大変そうにしていた。その横を卓がすたすたと通り、「おかえり、ママ」と私のそばへやってくる。

私にも父親にも似ず、クールな性格に育った。

卓は大きなリュックから三角形に折った青い折り紙を取り出し、「きょう、パパいる？」と私を見上げた。

「あげようとおもって、折ったんだよね」

大人みたいな口ぶりで見せてくれた折り紙は、よく見たら三角の頂点に目が書いてあって、どうやらアシカのようだった。

私は先生の視線を意識しながら、「うん、いるよ」と答え、保育園をあとにした。

家までの道すがら、卓が「ちょっとだっこして」と言いだした。出勤用のバッグと卓のリュックをまとめて肩にかけ、十四キロの身体を抱き上げる。

申し訳なさそうに彼が抱きついてきた。

「ごめんね、先生がいるときにパパの話、しちゃった」

珍しく往来で抱っこをせがんできたのは、やっぱりそういうことだったのか。

卓はなにか失敗したり、こっそりいたずらをしていたり、心に荷物を抱えているときのほうが甘えてくる。なにもないときのほうが安心して、ひとりでいられるらしい。

小さな心を痛めていたのかと思うとかわいそうで、ぎゅっと抱きしめる。

「いいんだよ、したって」

じっとどこかを見つめて考えこんでいる卓は、やがて心のつかえがとれたようで、「おりる」と腕の中から出ていった。

自宅までは十分もかからない。ちょっとぜいたくだけど、と言いながら夫と買った小さな戸建て。なにがなくとも住む場所だけはあるというのは心強い。

リビングの目の届くところで卓を遊ばせ、その間に夕食の支度をする。いつも思う、子どもの食事で時間がかかるのは、つくるより冷ます工程のほうだ。

電子レンジ専用容器とか圧力鍋とか、短時間で火を通すツールは進化しているのに、瞬間的に温度を下げる方法がいつまでたっても開発されないのはなぜなんだろう。

「卓、できたよ」

三十分ほどで食卓が整った。卓は律義に、遊んでいたおもちゃを片づけてからテーブルにつく。〝いただきます〟するときに手を合わせる文化が実家になかったので、教えるのを避けてきたのだけれど、保育園であっさり身につけてきた。

「おいしい?」

「おいしい」

食べ終わるころ、玄関の鍵が開く音がした。落ち着いた「ただいま」の声が聞こえたときにはもう、卓は玄関へ走っていた。

私はふたりぶんの食器を下げ、新しく一人前を用意した。楽しそうな会話の声とともに、〝パパ〟と卓がダイニングに入ってくる。

〝パパ〟は「ただいま」と私に向かってもう一度言った。

「お帰りなさい」

「いい匂いだな」

「ごめんね、大人用のカレーを別につくれなくて、子どもと同じ味なの」

彼の脱いだ背広を受け取り、リビングの隅にあるハンガーポールにかける。彼は卓をつれて洗面所に入った。

「全然かまわないけど、つくれないって、どういうわけで？」

「カレー粉だと思ってたものが、まさかのからし粉で」

私は冷蔵庫から黄色い缶を取り出し、洗面所の彼に見せた。カレー粉はまったく同じ缶で、赤いのだ。ほかの調味料の瓶に埋もれていたおかげで見間違えた。

「その代わりスープにたっぷり黒胡椒を振ったから。スパイシーなの好きでしょ」

「サンキュ」

彼が笑いながら戻ってくる。席に着くなり、そのひざに卓がよじのぼった。

「卓、それだと俺、食べられないよ」

「パパにあげる」

テーブルにうやうやしく置いたのは、先ほどの折り紙だ。

「くれるの？　これ、なんだろ、魚？」

「あしか」

「アシカか、なるほど見える、見える」

彼はうれしそうに折り紙のアシカをためつすがめつしてから、ひざに卓を乗せた不自由な体勢で、テーブルの上のアシカを眺めながら食事をとった。

私が洗い物をする間に、いつものようにふたりがお風呂に入った。ドライヤーと歯磨きをしてもらったら、満足して卓はすぐに眠ってしまった。

卓を寝かせているのは、リビングとスライドドアで仕切られた続き部屋だ。リビングの光量を落としたところに、卓が寝入ったのを確認した槙村《まきむら》くんが、続き部屋からそっと出てきた。うちに数セット置いてある、くつろいだ私服姿だ。

「ありがとう。コーヒー飲んでってね」

「サンキュ」

「ブランデーもあるけど」

ほんのり甘くしたコーヒーに垂らして飲むのが、たまのぜいたくだ。キッチンでコーヒーの用意をする私に、槙村くんは笑ってうなずいた。

「明日早いから、少しだけ」

「毎日ありがとう、忙しいのに」

ローテーブルに置いたマグカップに、槇村くんがソファから手を伸ばした。柔らかい革のソファが、かすかに軋んだ音を立てる。

「卓が、ママも一緒に入ればいいのにって首をひねってたよ」

私はオットマンに腰かけ、コーヒーをすすった。お互い顔を見合わせ、苦く笑う。

「もうすぐ四年になるんだな」

淡々とした口調は、どこか切ない。

そうだね、もう四年。

英佑《えいすけ》が出先で倒れて、そのまま帰らぬ人となってから。


仁科英佑と私は幼稚園で出会った。

特に仲がよかったわけでもない〝えいすけ〟くんが、〝英佑〟と書くのだと知ったのは、別々の小学校を卒業し、中学校で再会したとき。

運動神経がよく、サッカー部でありながら陸上部の試合に助っ人として呼ばれたりする英佑は、早熟な女の子たちが『あくびした、かわいい』とか『今答えわからなくて困ってたね』とか観察日記を手紙で回しあうような男の子だった。

本人はいたって素朴で、男子数名のグループでゲームや部活の話で盛り上がる、今思えばごく普通の少年だ。だけど私は色つきのリップもラメの入ったペンも気後れして持てないタイプだったから、英佑は違う世界の人みたいに見えていて、三年間同じクラスだったにもかかわらず、ほとんど会話した記憶がない。

唯一おぼえているのは、三年生の夏の進路希望調査の季節のこと。隣の席から英佑が私の手元をのぞきこみ、『第一希望、一緒だな』と言った。

高望みだったその県立高校に、絶対に受かりたいとこのとき思った。

合格発表の日、ひとりでこっそり結果を見たくて、発表時刻よりだいぶ遅れて高校に行った私を、英佑が待っていた。だれもいない掲示板の前で、手持ち無沙汰に両手を制服のポケットに入れて立っていた英佑は、私を見ると無言でピースをした。

『岡埜《おかの》も受かってるよ』

『ていうことは、仁科くんも？』

うん、と英佑がうなずく。

『合格おめでと。お互い』

『うん。仁科くんも、おめでとう』

私は内心で小躍りしたいほど舞い上がっていたけれど、なぜ英佑が私を待っていたのかわからない。英佑が自分のスニーカーを見つめながら話しだす。

『俺、岡埜と同じ志望ってわかってから、じつはすげーがんばったんだよね』

『え？　あ……そうなんだ？』

『高校に行ったら、かっこいい奴とか大人な先輩とか、いっぱいいると思うから、今のうちに言っておきたくて』

緊張とドキドキで、私は英佑の言っていることを半分も理解できていなかった。

『うん、なにを？』

英佑は決意を固めるみたいに、ふっと短い息を吐き、顔を上げた。

『お前のこと、好きだ。お前が全然俺なんかを見てないの、わかってるけど』

私はぽかんとして、彼の視線を受け止めていた。

『高校に行ったら、ちょっとは俺のこと、気にして。それじゃ』

英佑が私の前から走って逃げたのなんて、あとにも先にもこのときだけだ。

私がもっとませていたなら、ここから英佑との関係が始まっただろう。

だけど当時の私は幼く、自分に自信がなくて、なのにあの年ごろらしく自意識過剰で、男の子や恋について口にするのはおこがましいとまで思っていた。

英佑への恋心をゆっくりと自覚していったのは、高校に入ってから。同じクラスになった英佑が、中学のときの会話のなさが嘘のように『部活決めた？』とか『通学、バス？』とか、あからさまに〝気にして〟を実行に移すようになってからだ。

夏休み前の試験期間、偶然帰りが一緒になったとき、英佑が遠慮がちに尋ねた。

『高校で気になる奴、できた？』

私は恥ずかしさをこらえ、正直に答えた。

『できたよ』

『……それって、俺？』

『うん』

こうして私たちは、ようやく〝おつきあい〟を始めた。

このやりとりが妙にスムーズだったのには理由がある。私たちはすでに、お互いの気持ちをはっきり知っていたのだ。この会話はただの確認の儀式で、始まってしまえば終着駅は見えていた。

そこまでのお膳立てをしてくれたのが、英佑と同じサッカー部の槇村くんだった。違う中学校から来た彼が、英佑と仲よくなっていくのを私も見ていた。彼はしょっちゅう私たちのクラスにやってきては、必ず私にも声をかけた。

明るく素直な英佑と違い、知的な槇村くんは、何事もそつなくこなす大人っぽさを当時から持っていた。ふたりが一緒にいると、なにもしていなくても目立った。

男子と話すことなどほとんどなかった私も、槇村くんの如才《じょさい》ない対人術のおかげで、彼とだけは気楽に話すことができた。

『英佑っていい奴だよね』

『今日の髪型、かわいいって英佑が言ってたよ』

『そのパン好きなんだ？ 英佑に教えてやらないと』

次第に、英佑のいないところでの会話に露骨な意図を感じるようになり、さすがの私も察した。そして自分も積極的に英佑の話をして、本人に伝わるようにと願った。

本当に幼い恋だったのだ。だけどそのぶん純粋だった。

月日がたつごとに、『学校では恥ずかしいからあんまり一緒にいたくない』なんてわがままを私も言えるようになり、『なんで、いいじゃん』とふくれる英佑を笑えるようにもなった。

英佑と槇村くんは同じ大学へ進学し、私は別の大学へ。三人とも上京組で、そのまま都内に就職し、私と英佑は大きなけんかや別れの危機などを一度も経験することなく、あたり前のように結婚した。二十四歳だった。

持ち前の人懐っこさと誠実な行動力を武器に、英佑は旅行会社の優秀な営業員になっていた。二十八歳のとき今の家を買って、その年のうちに私は妊娠した。

英佑が倒れたという連絡をくれたのも、槇村くんだった。

私は産休中で、予定日の近い巨大なお腹を抱えて家にいた。

今でもおぼえている、お腹の圧迫感で食欲がなく、昼食をなににしようか考えていたところに鳴った携帯。英佑からだと思った。

当時、はじめての出産を前にピリピリしていた私の気を紛らわせるために、休憩や移動の時間を使って電話をかけてきてくれることがあったのだ。

だけど表示されていたのは槇村くんの名前だった。もしかしたら英佑に代わってご機嫌伺いの電話をしてきたのかもしれない。英佑は私との約束に遅れそうになったら、代わりに槇村くんをよこすほど彼を信頼していたし、甘えていた。

くすくす笑いながら通話ボタンを押した。

そこから半日ぶんほど記憶が飛んでいる。その日のうちに卓は生まれた。

だれも、なにも――たとえば葬儀とかお通夜の手配とかいったことについて私に話さずにいてくれた。実家の両親も、英佑の家族も、槇村くんも。

日常から隔離され、ひたすら新生児の世話をする緊張感と疲れが私を逃避させてくれた。けれど退院が近づくにつれ、現実が押し寄せてきた。

家に帰ってもだれもいない。実家に身を寄せるにしたって、抱き上げるのもまだ怖い生後一週間の赤ちゃんをつれて、どうやって二百キロの道のりを移動するのか。そして地元に職はない。私は子どもと生きていくために、働かなければならない。

絶望の中で退院の日を迎え、卓を抱いて、手続きのために病棟のロビーへ行った私を待っていたのは、槇村くんだった。

崩れ落ちそうになった私に槇村くんが駆け寄り、卓をこわごわ受け取る。面会できるのは赤ちゃんの両親と祖父母と決まっていたから、彼は卓を見たことがなかった。

『……名前は？』

『卓。ふたりで決めてたの』

小さな卓が、彼の腕の中でふわっとあくびをする。赤ちゃんらしい、つんと尖った唇を、槇村くんが指でそっとなでた。

『あいつは、父親になるのを本当に楽しみにしてた』

細く消え入りそうに震える、そんな彼の声をはじめて聞いた。

ごめんね、卓。ママは〝パパ〟と一緒にお風呂には入れない。〝パパ〟の下着を洗濯することもないし、〝パパ〟のパジャマだって、うちにはない。

なぜなら〝パパ〟は、代わりだから。

パパになれなかったパパのために。パパを持たずに生まれてきてしまった卓のために、全力で〝パパ〟を演じてくれているだけだから。

「もう少しの間、ごまかされてくれたらいいんだけど」

ブランデーの香りのコーヒーを揺らしながら、私はつぶやいた。子どもの成長は予想以上に早く、母子家庭であるはずの卓が〝パパ〟と口にするたび、先生やほかの保護者が怪訝そうにするのを、卓は感じはじめている。

私がそういうとき、説明を避けてごまかしていることに、気づいている。

「賢いからな、卓は」

「『だれに似たんだか』？」

「言ってないぞ」

槇村くんが苦笑する。私は空になった彼のカップを預かり、キッチンへ立った。

「保育園が、八時前の登園を認めない方針にするらしいの」

「急にか？　困る親が多いんじゃないか？　お前もそうだろ」

「これまではグレーだった規則を厳格化するみたい。園長が替わるらしくて」

ポットから二杯目のコーヒーを注ぐ。今度はブランデーはなしだ。

始業時刻に会社に到着するには、八時過ぎの電車に乗らないといけない。それには八時前に保育園に卓を預ける必要がある。

「九月からだから、まだ少し先なんだけど、悩んでて」

フレックスを使う手はある。ただそのぶん、帰りも遅くなる。

卓を寝かせる時間から逆算して、今の帰宅時刻はぎりぎりだ。時短勤務に戻したら、収入が減る。卓はこれからどんどん大きくなり、先立つものがいるというのに。

私はリビングに戻り、槙村くんにおかわりを渡した。

「子育てって、子どもを育てる以外の部分でも、悩みが尽きないね」

「ほかの家庭はどう対応するんだ?」

「朝はパパに担当してもらうって、クラスのお母さんは言ってた」

ふうん、と槙村くんが眉根を寄せ、カップに口をつける。

「卓に、『うちもそうしたらいいじゃない』って言われちゃった」

「そりゃ、そう言うよな……」

彼の勤めるメーカーは、英佑の旅行会社の顧客で、ふたりは取引先同士だった。英佑が倒れたのも、槙村くんの会社を訪問した直後だったらしい。だから真っ先に彼に連絡がいったのだ。

ある意味私よりも、英佑の喪失の現場にいた人。

〝パパ〟と呼ばれるとき、槙村くんがなにを得て、なにを失っているのか、私にはわからない。聞くこともできない。

卓が彼を〝パパ〟と呼ぶたび、私の心に去来する一瞬の安堵と、そのあとに訪れる喪失感と罪悪感を、彼には言えないように。

「私、ちょっと考える」

槙村くんが、ぱっと顔を上げた。

「なにを」

「……卓に、本当のことを言うかどうかを」

彼が小さく息をのんだ気がした。「そうか」という硬い声。

ふたりで必死に守ってきた〝家族〟の形。『子どもには父親が必要だよ』と槙村くんは言い、自分の時間も犠牲にして卓のために尽くしてくれた。

終わるときが来たのかもしれない。

「俺、そろそろ帰らないと」

槙村くんが壁の時計を見た。いつの間にか十一時を過ぎている。

「スーツ、置いてって。そろそろクリーニングに出すでしょ」

「悪い、頼んでいいかな」

「もちろん」

私は冷蔵庫から保存容器を出して手提げ袋に入れ、玄関で彼に渡した。来てくれたときにいつも用意する、翌日の朝食だ。

「これ、食べて」

「サンキュ」

彼はここから歩いて帰れる距離のマンションに住んでいる。偶然ではなく、英佑と彼は学生時代から、楽に行き来できる場所に住むのがくせになっているのだ。

『終電を気にしないで飲める』というのがふたりの言い分で、その基準で家まで買うんだから、どれだけ仲がいいのとあきれた。

私服に革靴、ビジネスバッグと手提げ袋という奇妙な姿の槇村くんが、玄関のドアを押し開け、そしてなぜか、また閉めた。

「降ってる？」

そういえば天気予報でそんなことを言っていた。私は急いでたたきに降り、傘入れを開けようとした。その手を彼がつかんだ。

びっくりして振り返ると、予想もしなかった真剣なまなざしとぶつかる。

「……槇村くん？」

「俺が本物なら、保育園にも行ける」

「え？」

色素の薄めだった英佑と対照的に、槇村くんは髪も瞳も真っ黒だ。虹彩が見える代わりに、私が映っている。

「英佑の代わりになれるなんて思ってない」

きつく握られた手が痛い。

「思ってないけど、でも、俺なりに」

しんとした玄関先で、彼は私が聞き漏らさないよう念を入れるみたいに、はっきりと、でも静かな声で言った。

「卓の、本当の父親になれたらと思ってる」

愕然とする私の手を、ゆっくりと解放し、彼は出ていった。

門を開閉する音が聞こえる。握られていた手はしびれたようになっていて、うまく動かない。頭の中に彼の声が響いた。

――本当の父親になれたらと思ってる。

本当の父親。

それって。

「えーっ、それマザコンもいいところじゃない？」

「でしょ？　ランドセルを買ってもらうまではいいとして、子ども本人の好みより、自分の母親の意見を優先するってどうなの？」

昼休み、先輩の女性社員と派遣さんが盛り上がっている。

姑の過干渉と夫の優柔不断を嘆いていた先輩が、「もうほんと無理」とぼやいた。

「マシになると信じてたけど、ひどくなる一方だわ。慰謝料もらって別れたい」

とたんに、「ちょっと」と派遣さんが肘で彼女を小突いた。

会議室で一緒にランチをしていた八名ほどが、気まずそうに口を閉ざす。先輩は心外そうに彼女たちを見回した。

「えっ、こんな気をつかうほうが失礼じゃない？　だよね、仁科さん！」

「はい、もう、おかまいなく。と言っても難しいと思うんですけど」

あはは、と笑ってもらおうとした気持ちを汲んだのか、みんなも笑ってくれた。

こういうとき、自分が気をつかわせる存在であることが申し訳なく、さみしい。

ここは子ども向けの知育玩具や教材をつくる会社だ。古くから通信教育事業を営む会社のグループ企業だけあって、福利厚生がとても手厚い。

子どもを産んでも働けるようにと選んだ就職先だった。それ自体は正しい選択だったのだけれど、同時に夫を亡くすなんて考えもしていなかった。

離婚して子どもをひとりで育てている女性は社内にもいる。けれど若くして夫を亡くすというのは珍しく、育休が明けて復帰したとき、会社が私をどう扱おうか判断しかねているのを痛いほど感じた。

アットホームな社風のため、部署で家族連れのバーベキューをしたりする習慣があり、英佑も参加したことがある。それだけにみんな、どうしたらいいかわからなかったに違いない。

私もつらかった。英佑のいた時代の私を、だれも知らない会社に移りたかった。だけど一歳にもならない子どものいる母親を、どこが雇ってくれるというのか。

無理して転職したりせず、よかったと今は思う。融通の利く仕組みと、子どもがいてもつまはじきにされない人事制度。今の私の人生にはどちらも必要だ。

ただ、こうした他愛もないコミュニケーションで、自分が異質なのを感じる。人間関係の近い風土が息苦しく思えることもある。

だけど仕方ない、贅沢な悩みだ。

……と、いつもならここで悩みは終わるのだけれど、今日は違った。

もしかしたら、が脳内をよぎる。

〝本当の父親〟ができれば。

私が〝ひとり〟じゃなくなれば、この居心地の悪さは――消える……？

「もう、やめて！」

浮かんだ考えを振り払ったら、「どうしたの？」と卓が目を丸くした。保育園からの帰りだったことを思い出して慌てる。

「ごめん、なんでもない」

「きょうのごはん、なに？」

「生姜焼きにしようかなって」

卓はつないだ手を振って「やったあ」と喜んだ。卓のぶんに生姜はほとんど入れないのだけれど、〝生姜焼き〟というメニューが魅惑的に感じるらしい。

私は先ほどの余韻でまだドキドキ鳴っている胸を、深く呼吸をしてなだめた。

もう一度、なんてない。考えられない。

私の夫は英佑だ。卓の父親も、英佑……。

〝だけだ〟と言いきれない自分がいて、動揺した。

卓の名前を届け出るため、区役所まで車で送ってくれたのも、そのためにベビーシートを買って自分の車に取りつけてくれたのも、夜泣きのあった卓を散歩につれ出してくれたのも、保育園の運動会に親戚のふりをして来てくれたのも、お風呂でひらがなをひとつずつおぼえさせたのも。

全部、〝パパ〟だ……。

「きょう、パパ、いる?」

「うん……どうだろう」

来られないときには連絡が来る。最初のころは、来られるときに連絡が来ていたのだけれど、いつの間にか逆になっていた。

今日はなんの連絡もない。

卓は肩を落とし、「じゃあ、はやめにねようかな」とませた調子で言った。

ところがいつもと同じ時刻に、槇村くんはやってきた。大喜びの卓の話を聞きながら食事をし、一緒にお風呂に入り、寝床へ行く。

「すぐ寝ちゃったよ」

寝室から出てきた彼と私は、少しの間無言で見つめあった。

「……今日は来ないかと思ってた」

「でも、俺のぶんの夕食、用意しておいてくれたんだな」

私はだまった。槙村くんが「悪い」と困ったように言う。

「やめよう、追い詰めるつもりじゃなかった、ごめん」

「そんなふうには……」

「俺は来るよ。お前からもう、必要ないって言われるまで。気まずいくらいでやめるような、そんな覚悟で最初から来てない」

「ねえ、槙村くん」

扉の向こうで卓が寝返りを打つ気配がした。はっとお互い口をつぐみ、耳を澄ます。目を覚ました様子はなく、お互い胸をなで下ろした。

「……それ、いつもやってるな」

「え」

彼の視線をたどって、自分の胸元を見た。左手にはまった結婚指輪を、無意識に右手でくるくると回していたのだ。

「最近、ゆるくて」

「痩せたよな、岡埜」

「前が太り気味だったんだと思う」

槙村くんは慎み深くコメントを避け、「もう帰るよ」と微笑む。

「洗っておくもの、あったら置いてって」

「今日はいい」

必要以上に強く断られた気がして、私は視線を泳がせた。

「……そうだよね、ごめん」

「謝らないでくれ、俺こそ今まで、都合よく甘えてたなと反省したんだ」

「そんなふうに思ってない」

「そりゃ、お前はそう言ってくれると思うよ」

なおも言い募ろうとする私を、槇村くんが両手を広げて制した。

「昨日の話の続きをしていいか」

「……うん」

彼は扉の前から離れ、ソファの背に腰を預けた。背の高い彼の目線が、私と近くなる。高校のころより、年月のぶんだけ落ち着いた、男らしい顔立ち。

知的なまなざしが、優しく私をのぞきこんだ。

「言葉足らずだったよな。俺は、ずっとあんなことを考えてたわけじゃない。卓と英佑のためにって考えたのは本心だ。これは信じてほしい」

「うん」

私は正直に、「信じてる」とうなずいた。

「でも、そんなきれいな気持ちだけでもない」

え、と見上げた彼の顔から、笑みが消えている。

「お前が好きだったよ、高校のころから」

ドキン、ドキン。心臓が鳴りだした。

いやなわけじゃない。だけどこれ以上聞きたい話でもない。今の私には処理しきれない。私が怯んだことに気づいたのか、槇村くんが「違う」と首を振った。

「英佑から奪おうと思ったことは一度もない。俺は英佑のことも本当に大事だった。ふたりが一緒にいてくれるのが一番だった」

「私、考えられない」

「なにを？　もう一度だれかと結婚すること自体を？　それとも、俺とのことを？」

「全部！」

思わず悲鳴みたいな声をあげてしまい、口を押さえた。寝室のほうを気にしながら、槇村くんが声をひそめる。

「俺、もう来ないほうがいいか？」

答えられなかった。彼の表情が、途方に暮れたように曇る。

「……なにを言っても、お前に選択を迫ってるみたいになる」

「私、どうしたらいいのかわからなくて……ごめんなさい……」

「頼むから謝らないでくれ。そんな顔をさせたかったんじゃない」

手を取られそうになり、反射的に身を引いた。自分の左手を、きつく右手で握る。薬指の指輪の感触にすがるような気持ちだった。

槙村くんは傷ついたに違いない。私は最低だ。彼の顔を見られない。

コトン、と音がした。

卓が扉の隙間から顔をのぞかせていた。槙村くんがはっと腰を浮かせ、身を屈める。

「ごめんな、起こしたか」

彼が広げた両手に、卓の小さな身体が駆けこんだ。

「パパ、あしたもいる？　おたんじょうびのおかし、たべる？」

「卓の誕生日はもう少し先だろ？」

「園で、毎月二十五日に、その月生まれの子の誕生会があるの。そこで配られるお菓子を持って帰ってくるつもりなんだと思う」

槙村くんは「なるほど」とうなずき、卓になにか返事をしかけ、口をつぐむ。それからためらいがちに私を見た。とっさに口にしていた。

「パパ、食べたいって」

「だよね、そうだとおもってた」

喜ぶ卓を抱き上げ、槇村くんが私に視線を向けた。問いかけるような、戸惑っているような目つきだった。

そらしたくなる気持ちを抑え、見つめ返した。

うん、私、考える。

これまで槇村くんがくれたものに、報いるためにも。

自分の心がどこを向いているのか、知るためにも。


『待てって悟志《さとし》、あのゼミはやばいって。留年続出って噂だぜ?』

『ミーハー根性だけで入るからだろ? まじめにやってりゃ問題ないと思うけどな』

英佑と槇村くんが、シラバスを見ながらああでもないこうでもないと話している。

大学二年の冬。このころ私たちは、しょっちゅう槇村くんの部屋に集まっていた。

いつ行ってもほどよく片づいている部屋は、時間とともに英佑が持ちこむ食べ物やゲームソフトに浸食され、帰る前にまた元どおりきれいになる。

『お前が自分の面倒を見られなかったら、岡埜が苦労するんだぞ』

これが槇村くんの口ぐせで、英佑はこう言われると、苦手な片づけも進んでやった。

『そっかなー？　じゃあ希望出してみよっかな……』

自信のなさそうな英佑の缶ビールに、槇村くんが自分の缶をコンとぶつける。

『やろうぜ。この大学にいるからには、あの先生に教わりたいだろ』

『まあなー。そういや高校の同窓会があるって』

『早いな』

『成人式のついでって感じみたい。むっちゃん元気かなー』

ふたりはそのまま、私のよく知らない部活仲間や先生の話に入っていく。

こういうとき、無邪気に話し続けるのが英佑で、ふうんと耳を澄ますのが私で、そんな私に気づいて、途中で私にもわかる話題に変えたり、説明を挟んでくれたりするのが槇村くんだった。

私も槇村くんも、英佑が楽しそうに話すのを聞くのが好きだった。

私と彼はたぶん、とても近い場所で、それぞれに英佑を愛していた。

懐かしい夢を見たおかげか、起きたら頬に涙のあとがあった。

しょぼしょぼする目をシャワーですっきりさせ、身支度をあらかた整えてから卓を起こす。ゆでて冷凍してあるほうれん草でお味噌汁をつくり、同じく冷凍してあるごはんを解凍し、ゆで卵とプチトマトを添えて食卓に並べる。

毎日ほぼ同じメニューだけれど、及第点をもらえる朝食だと思いたい。ほかの家庭の朝ご飯はどういう感じなんだろう。

ぼんやり子ども向けの番組を見ていた卓が、ふと尋ねた。

「かぞくってなに？」

えっ。

「えーっと……」

困った、幼児に教えようと思うとなかなか難しい。

少し時間に余裕があるので、夕食の仕込みをしながら頭を働かせる。

「同じ苗字の人たちのことかな」

「みょうじってなに？」

そうか……。

「同じ家に住んでる人のことかな？」

自信がなくて、こちらが疑問形になってしまった。

「ちがう家にすんでたら、かぞくじゃないの？」

「……そういう家族もいるねえ」

「しらないの？」

大人はなんでも知っていると信じているだけに、子どもは厳しい。

帰ってきたら炒めればいいよう、切った野菜をジッパーつきの袋に入れ、豚肉に片栗粉をまぶし、ついでに合わせ調味料もつくった。

無心に手を動かしながら、頭はずっと別のことを考えている。

家族ってなんだろう。

「あっ、仁科さんもよかったら書いて」

「え？」

保育園に卓をつれていくと、同じクラスのお母さんがクリップボードを差し出した。署名欄があり、すでにいくつかの名前が書いてある。

「登園時刻のルール厳格化の件、園の運営本部に直訴しようって何人かで動いてるの。たった十分の違いで、こっちは生活が一変するって伝えたくて」

私は書面の内容を確認して、渡されたペンで署名した。

「なにかできることがあったら言って」

「ありがとう。厳しい闘いかもしれないけど」

彼女は登園してきた別の親子を見つけ、駆け寄る。

行動力を尊敬する気持ち半分、なんだろうこれ、という気持ち半分だった。

ただ、じゅうぶんな収入を得られる時間働きたいというだけなのに。どうして敵と味方に分かれて闘わなければいけないんだろう。

私たちは、そんなにぜいたくなものを望んでいるんだろうか。

会社に着いても、どこか気分が晴れなかった。せっかく子どもにまつわるあれこれから離れ、だれの母親でもない自分に戻れる場所なのに。

わいわいランチをとれる気分でもなく、私は銀行に用事があると説明して、昼休みに入るとすぐ会社を出た。

外は梅雨の晴れ間の、からっとした陽気だった。

口から出まかせを言ったわけじゃない。卓名義の口座をつくろうとかねてから思っていたのだ。この機会にそれを済ませるつもりだ。

三歳になると、それまでおもちゃだった祖父母からのプレゼントが、お小遣いに変わった。貯金しておいて、卓が大きくなったら口座ごと渡してやりたい。

二ブロックほど歩くと、家計のメインバンクにしている銀行の窓口がある。一緒に暮らすようになったとき、英佑が持っていた口座のうち、ひとつを家計用にしようとふたりで決めた。

式場で指輪を交換したときより、区役所に婚姻届を出したときより、結婚というものを実感した瞬間かもしれない。

「番号をお引きになってお待ちください」

銀行のカウンターで渡された番号は、窓口に表示してある受付中の番号とだいぶ離れていた。今日は昼食をあきらめよう。どのみち食欲もあまりない。

冷房の効いた行内で、椅子に座ってぼんやり天井を見上げた。夕食の下準備も済ませてしまったから、献立を考える必要はない。

本でも読もうとバッグを開けたら、携帯のランプが点滅していた。

【急な外出が入った。今日は行けない。卓にもごめんって伝えてくれ】

槇村くんからのメッセージだった。

自分がほっとしているのか、残念に思っているのかわからない。たぶん両方だ。

【了解、お疲れさま】と返信する。こういう日もあるから、卓は説明すれば理解する。

槇村くんのことも考えないといけない。

本を読んでいる場合じゃない気がして、携帯と一緒にバッグに戻した。

深いため息が漏れた。日々は慌ただしく過ぎるばかりで、立ち止まることも難しい。日常は、なにかを真剣に考え抜くようにはできていない。

だけど、それじゃ進まない。

悶々としているうちに番号を呼ばれ、手続きが終わるころには昼休みも残り少なくなっていた。

腹の足しにとスムージーを買って会社に帰ったら、なぜかみんなが「ここもらっていい？」「連休でもいいかな」と有給休暇の日程の相談をしていた。

「仁科さん、どこで休み取る？」

「今月ですか？」

そうだよー、と課長がのんびりうなずく。

「有休消化促進月間だからねー、積極的に取得してね。強制するのも違うけど、こういうのは、やらないと定着しないから」

そうか、今月が促進月間か。四半期に一度、そういう月があるのだ。単発の育児休暇も取得できるので、子育て中の社員も有給は温存しすぎず、自分のための休暇として使うことが推奨されている。

卓も最近は、急な発熱や体調不良が減った。このへんで、目的もなく休みを取ってもいいかもしれない。自席で手帳を開いたとき、思いついた。

「あの、急なんですが、いいですか?」


翌日は朝から晴天だった。

保育園に卓を預けた足で駅に向かい、東京駅から新幹線に乗る。一時間強も揺られていると、三方を山に囲まれ、遠くには南アルプスを望むのどかな高原地帯になる。在来線に乗り換え、十分ほど移動した先が私たちのふるさとだ。実家までは駅からさらにバスで一時間近くかかる。

今日の目的地は実家ではない。駅前でタクシーに乗った。

運転士さんは懐かしいイントネーションで話しながら、慣れた様子で勾配をぐんぐん登っていく。東京ではめったに体感しない、標高による気圧の変化を感じる。

山道の途中、一見しただけではなにもないように見える場所で降ろしてもらった。小道を入っていくとお寺があり、その奥の開けた斜面に、墓地がある。

英佑の眠る場所だ。

「久しぶり……でもないかな?」

なんとなく、そのあたりで英佑が聞いていそうな気がして、話しかけながら進んだ。

仁科家の区画を目指して、砂利を踏む。

中途半端に退屈な地元を出たがっていた英佑が、ここに眠ることを望んでいたかどうかわからない。そんな話をしたこともなかった。

あと二十年生きていたら、ふたりで都内にお墓を買う話でもしたのかもしれない。だけど英佑が亡くなったときの私たちは、日々の生活の先に人生の終わりがあるなんて、考えもしない年齢だった。

お墓はきれいというより、なにもなかった。英佑のお母さんはさっぱりした性格で、枯れて汚くなるくらいならと、お参りの間だけ花を生け、最後に持って帰ってしまうような人だ。

お義母さんの主義に背く気はないので、花は持ってこなかった。その代わりに持ってきたのは手ぬぐいだ。私の実家では、お墓は水をかけるだけじゃなく、丹念に水拭きするのが習慣だった。

山の上は日差しも強い。これだけ晴れていれば、乾拭きは必要ないだろう。私は給水所で手桶に水を汲み、墓石を磨きはじめた。

山の斜面に張りつくようにつくられた段々の墓地は、どの区画からでも市内と、県境を走る山並みが見渡せる。

ここにひとりで来たのははじめてだ。

卓をつれてのお墓参りは、帰省に合わせるため必然的にお盆とお正月になる。つまりいつも猛暑と積雪がつきまとい、ゆっくりお墓の手入れをする余裕もない。

私はようやく、眠る英佑と一対一で会話できている気がした。

土ぼこりをかぶっていた御影石が、本来の黒い輝きを取り戻す。東京に比べると涼しいものの、日光を遮るものがないので、肌がちりちりと焼かれる。

ねえ、英佑。私、子育ての大変さと、槇村くんがくれる安心感に甘えて、これまで一度もあなたの死と向き合ってこなかったかもしれない。

だからいまだに、乗り越えてもいないの。

正直言うと、ここにあなたがいることも信じきれていない。

私と卓の退院を待って、都内で火葬した日、卓が高熱を出して、私は立ち会えなかった。お通夜も葬儀も行わないことにしたから、唯一のお別れの儀式だったのに。

『お前には酷だと、英佑が気をつかったんだよ』

私の代わりに骨を拾った槇村くんは、そう言ってなぐさめてくれた。

たったそれだけの欠落で、私はけじめをつけそびれた。

ううん、つけたくなかったから、きっとわざと、そういうふりをしていた。

だけどそろそろ、目をそむけていてばかりじゃダメだね。

卓は大きくなる。私は未熟な母親ぶるのを卒業して、どんな環境で卓を育てるか決めないといけない。

なにが卓にとって一番いいのか。私はどうすべきなのか、今、考えないといけない。

気が済むまで水拭きをし、周囲の雑草をざっと抜いて、こわばった腰をさすりながら立ち上がる。山の水で手はしびれ、頬は日焼けでひりひりしていた。

お墓はすっかりきれいになり、満足のいくできばえだった。

『まゆみってほんと掃除とか片づけ、得意だよな』

英佑の声が聞こえてくる。

『得意不得意じゃないの。必要だから、頭を使ってやってるの』

『俺、まゆみと悟志がいなかったら生きていけない』

へらっと笑う正直な顔が好きだった。

あのころは無頓着に、生きていけないとか死にそうとか口にしていた。今は耳にするだけでぎくっとして、そんな表現は強すぎる、と悲しくなる。

人は変わる。私も、変わっていいのか。

どう思う、英佑？

帰りの車中は熟睡だったため、一瞬に感じた。新幹線を降りた瞬間、東京の湿った熱気が私を日常に引き戻した。

いつも通勤に使っている路線に乗り換えたら、ちょうど帰宅ラッシュの始まりにぶつかった。コットンのシャツにチノパン、フラットシューズという能天気ないでたちが申し訳なく思える。

習慣で、駅に着いてからの段取りに思いを馳せた。槇村くんからの連絡はなかったから、今日は来るはずだ。

思い立って、【今夜、なにが食べたい？】とメッセージを送ってみた。

仕事中だろうに、すぐに既読になり、【いきなりどうした？】と戸惑いを感じる返事が来た。私がこれまで、こういう〝家族〟めいたやりとりを避けてきていたことに、彼も気がついていたのだ。

続いて、昨日外出先で接待飲みになだれこんだから、胃に優しいものだとうれしい、というサラリーマンらしい内容が送られてくる。

温野菜のサラダと蒸し鶏がいい。卓も食べられるように、ドレッシングのからさは控えめで。そう伝えると、【楽しみにしてる。早めに帰る】と返ってきた。

〝帰る〟。

きっと彼は無意識に使ったに違いない。いつもは〝行く〟と言う。

違和感よりも心地よさが私を包みこんだ。なにをつくっても必ずおいしいと言って食べてくれる。柔軟剤を変えたら気づいてくれる。卓の寝つきが悪いと、何時までも根気よくそばにいてやってくれる。

あたり前と思ったことはなかった。だけど、どれほど強く、大きい愛情がなければできないことか、今、あらためて思い知った。

四年。私の感謝の言葉を笑顔でかわしながら、ずっとそばにいてくれた人。英佑がしたくてたまらなかったことを、代わりにしてくれた人。

ぼんやりしていたため、危うく乗り過ごすところだった。改札を出て、急ぎ足で保育園へ向かう。ふと自分の手が目に入り、はっとした。

指輪がない。

「嘘……」

思わず足を止めた。うしろを歩いていた人が私にぶつかって、舌打ちをする。頭を下げて謝り、急いで足元を確認し、指輪をさがした。ない。

どうしよう、どうしよう。

私は炊事のときも手を洗うときも指輪をはずさない。すなわち、どこかに置き忘れることはない。なにかの拍子に抜けて落ちたのだ。

落とした可能性のある場所の範囲が広すぎて、呆然とした。

「どうしよう……」

まず駅に届け出をしないと。駅に戻るまでの道も念入りにさがしたい。だけど卓を迎えに行く時刻だ。この蒸し暑さの中、卓をつれて地べたをさがし回るのは避けたい。明日にしようか。

そのとき、ぽつっと頬に水滴があたった。雨だ。気づけばまだ日が暮れるには早いのに、あたりは暗く、空は濃い灰色の雲に覆われている。

地面に落ちた指輪が、雨水に流されていく様子が目に浮かぶ。腕時計を見て、十分間だけさがそうと決めた。

細い小道をじぐざぐに戻る。駅の敷地との境界に、これまで意識したこともなかった排水溝が走っていることに気づき、絶望した。

念のため、中をのぞく。暗くて見えない。屈む私の背中を大粒の雨が叩いた。雨脚は一瞬で強まり、さっきまで乾いていたアスファルトに水が張る。

わずかな傾斜を水が流れ、排水溝に落ちていくのを見て、ひざから力が抜けた。罰があたった。

雨水が髪の間を伝って、顔を濡らす。

英佑を裏切るようなことを考えたから、罰があたったんだ。

人通りが途切れなかった小道は、いつの間にか私ひとりになっていた。人々は駅舎のひさしの下に避難し、急な雨が過ぎるのを待っている。

その中から人影がひとつ、飛び出してきた。

「岡埜！」

目の前の濡れた地面を革靴が踏んで、パシャッと水を跳ねさせる。スーツのひざがためらいなく折られ、温かい手が私の頬を包んだ。

「槇村くん……」

「どうしたんだ、なにしてる」

流れる涙は雨水でごまかせたに違いない。心配そうにのぞきこむ彼の顔にも、水の筋が伝い、顎から垂れている。

ダークグレーのスーツは、降り注ぐ雨を吸いきれず濡れて光っていた。

「指輪が」

なくなったの、という言葉を嗚咽に紛らせ飲みこんだ。まるで指輪がひとりでにどこかへ行ったみたいな言いかたは卑怯だ。私の不注意で落としただけなのに。

だけど実際、指輪が私から離れていったのかもしれない。

私にはもう、身につける資格がなくなったから。

「ないのか」

察しのいい槇村くんに、私はうなずいた。

「一緒にさがすよ。だけどお前はまず雨宿りを……」

「ごめん、槇村くん」

「え? 俺に謝る必要ないだろ、それよりこっちに」

「ごめん、やっぱり無理だった、ごめん」

訝るように彼の眉根が寄る。私は彼につかまれていた腕を、自分のほうへ引き寄せた。彼は少し迷い、私の腕を放した。

「ごめん、正直すごく揺れたの。今も揺れてる。でもやっぱり無理だった」

「……俺の話か」

「英佑を忘れるなんてできない。忘れたくない」

びしょ濡れの手で、びしょ濡れの顔を拭った。槇村くんが、ゆるゆると首を振る。

「忘れる必要なんてないよ、そんなこと望んでない」

「でも私にとっては、忘れるのと同じなの！」

「岡埜……」

こちらに伸ばされた手が、ふと宙で止まった。

槇村くんの視線は私を通り越し、どこかに注がれている。それを追って首をめぐらせ、雨が弱まっていることに気づいた。雨宿りしていた人たちも消えている。

彼は立ち上がり、駅と小道の間のちょっとしたスペースに並ぶ、丸く刈られた植えこみのほうへ行った。

葉をかさかさとさぐって、戻ってくる。

「あったよ」

広げた手のひらの上にあったのは、プラチナの指輪だった。裏に青い宝石が埋まっている。間違いなく私の結婚指輪だ。

槇村くんは彼自身、見つけたことが信じられないような顔をしている。差し出された指輪を受け取ろうとした瞬間、彼がぐっと手を握りこみ、指輪を隠した。

「えっ……」

なに、と聞く前に、手首を引っ張って立ち上がらされた。身体に張りつく服が、全身ずぶ濡れであることを知らせてくる。

手首を握ったまま、槇村くんは私の指に指輪を通した。ゆるくなった指輪はすんなり関節を抜け、薬指のつけねに収まる。

「……英佑が指輪を取り上げたと思ったんだろ」

答えられなかった。手はいまだに取られたままだ。

背中がじんわり温かくなり、雲が切れたのがわかった。見上げると、光の筋がくっきりと、雲の隙間から下界を照らしている。

「そんなわけあるかよ」

「だって……」

「俺たちの英佑は、そんな陰険な奴じゃなかっただろ」

止まったと思った涙が、また出てきた。冷えた頬の上を、熱いしずくが流れていく。

「忘れる必要なんてない。俺だって忘れたくない。だけどもう、英佑はいない。あいつじゃ、お前たちを守ることはできない」

震える唇を噛みしめた。槇村くんの手が、私の頭を抱き寄せる。濡れたワイシャツから、槇村くんの香りがする。

「お前と卓を守りたいんだよ」

頬が槇村くんの体温で温められていく。涙が次々とワイシャツに染みこむ。

「英佑の思い出ごと、守りたいんだ」

いつかこのぬくもりを、罪悪感なしに受け止められる日が来るんだろうか。

ただ安心して、身を任せられる日が。

「ママ！　どうしたの！　プールはいったの⁉」

濡れネズミ状態で保育園に現れた私に、卓は目を丸くした。一度家に帰って着替えることも考えたのだけれど、それでは迎えの時刻を大幅に過ぎてしまうため、そのまま向かったのだ。

「さっき、すごい雨が降ったの。気がつかなかった？」

「おどってたから……」

ちょうど外に面していない部屋にいたらしい。卓のリュックから昼寝用のバスタオルを拝借し、髪を拭きはじめたとき、廊下の掲示板に目が留まった。

登園時刻について、当面は新園長の方針に準ずるという運営本部からのきっぱりした通達が貼られていた。

〝当面〟という表記に、どの程度の希望を見出せばいいのかわからない。

だけど、いい。要望が通らなかったら、仕事時間を減らそう。収入も少なくなるけれど、しかたない。やりくりを学ぶ機会だと思えばいい。

ずっと、変わることがいやだった。

歯ブラシとか、服とか。家の中から英佑のものが消え、卓のもので上書きされていく。起きる時刻、洗濯の回数、つけるテレビ番組。暮らしの習慣がどんどん変化していくのが、たまらなくさみしくて、怖かった。

だけどもう、いい。もう大丈夫。

ふいにそう思えた。

そのときどきの幸せをさがして生きていく。

私、間違っていないよね、英佑。

卓の手を引いて家に向かう。歩くたび私のスニーカーが濡れた音をたてる。

「ごはんをつくる前に、ママ、シャワー浴びてもいい?」

「いいよ。パパは?」

「先に帰ってる。パパもびしょびしょなの。ママがごはんをつくってる間、卓はパパとお風呂に入ってあげてくれる?」

卓は口をあんぐりと開け、「もちろんいいよ」とうなずいた。

その夜、珍しく卓はなかなか寝ようとしなかった。一緒に横になった槙村くんが、三冊ほど絵本を読んでもなお寝る気配がない。

食事の後片づけを終えてから、そっとのぞいたら、「ママもきて」と卓が手を広げるので、私も寝室に入った。

オレンジ色の抑えたライトの下で、槇村くんが眠そうに頬杖をついている。聞けば今朝はかなり早く出社する必要があり、そのぶん帰りも早かったらしい。

私は反対側の隣に寝転がり、卓の手を握った。

「どうして寝ないの、わがままっ子」

「ぼく、わかった」

「なにが？」

賢そうな目つきで天井をにらむ卓が、意を決したような声で言う。

「かぞくって、おなじごはんをたべてるひとたちのことじゃない？」

はっとした。卓の向こうで、経緯のわかっていない槇村くんが、不思議そうに、「なるほどな？」とうなずく。

卓は満足したのか、目を閉じてとろとろと眠りはじめた。

満たされたおなかと、乾いた服の心地よさと、卓の手の温かさにつられて、私もうとうとと、眠りと現実の間を行ったり来たりする。

『俺、なにかあったら悟志を頼るって決めてるから』

偉そうに胸を張る英佑に、槇村くんが本から目を上げもせず冷静に言い返す。

『残念だが、俺は友だちでいたい奴に金は貸さないと決めてる』

『そういう〝なにか〟じゃねーし！』

思わずくすくす笑うと、「なに笑ってるんだ」と優しい声がした。槇村くんだ。

頰の下のタオルの感触、鼻先にある卓の幼い匂い。

なにもかもがふんわりとした幸せに満ちていて、私は身体を丸めた。

顔にかかった髪を、だれかが梳いてくれたのを感じた。あらわになった頰に、そっと押しつけられる柔らかな体温。

ふっと横切る、なじんだ香り。

『まゆみもこいつに頼っていいからな』

『お前が許可を出すことなのかよ』

ふたりの言い争いは終わらず、私は笑いながらそれを見ている。

朝日の中で目を覚ましたとき、部屋には卓と私だけだった。

「ごめん！　朝ごはん、シリアルとヨーグルトで許してくれる？」

慌ただしくシャワーを浴び、身支度を整える私に、卓が「いいよ」と気遣いに満ちた返事をくれた。

いつの間に寝落ちしてしまったのか。部屋着のポケットに入れていた携帯には、アラームは鳴った形跡はあるものの、信じがたい。

ベランダ側のカーテンを開け、外の天気を確かめた。空は真っ青で雲ひとつない。目の奥が痛むほどの晴天だ。

数日後には、梅雨明けのニュースが聞ける気がする。

テーブルの上で、私の携帯が震えた。

【起きたか?】

槇村くんからのメッセージだった。

【起きたけど、ぎりぎり】

【お疲れ】

薄情な反応に舌打ちしたくなる。向こうが笑っているのが目に見える。

「パパとお話してるの?」

卓が手元をのぞきこんできた。会社に行っていると思っている卓を裏切らないよう気をつけつつ、「そうだよ」と教える。

「ぼく、パパと保育園にいけるように、なる?」

はっとした。

変わっていく未来。許される幸せ。

卓の頬についたヨーグルトを、指で拭き取った。

「もしかしたら、いつかね」

東に面した部屋は、まぶしいほどの日差しが溢れかえっている。

私の服装は半袖にジャケット、卓の着替えにも半袖を入れよう。たくさん汗をかきそうだから、大きいほうの水筒を持たせよう。

夏が来る。

「今日はパパに、早く帰ってきてってお願いしてみようか」

卓がうれしそうに、「うん！」と笑った。

END

Shall we parenting?

桃城猫緒

Aisare mama

Anthology

世の中、どんな仕事を選んだってストレスからは逃れられないと思う。

けれど、今、日本で一番胃が痛いのは私ではないだろうか。

「俺はこの企画でもっともアピールすべきポイントは『先進的育児支援による新しい働き方の形』だと感じたが、なぜきみは真逆なテーマをあげたのか。説得力のある理由を述べてもらわなければ、クリエイティブチームもマーケティングチームも動けないと言っているのだが」

「はい、えっと、……この『ママ、パパ、がんばって』というテーマは、育児中の人たちにほっこりとした気持ちを……」

「『ほっこり』などと曖昧な表現はやめてくれないか。心情を表すオノマトペは人によって受け取り方が千差万別だ」

「す、すみません。気をつけます」

「謝罪を求めているわけじゃない。いいから端的に言葉を変えて説明をしてくれ」

あきれたように大きく吐いた東條《とうじょう》さんのため息が、私の胃をキリキリと痛ませる。

（これだから東條さんとチーム組むの嫌なんだよ～）

心の中で泣きごとをこぼしながら、私は引きつった笑顔を浮かべ必死に彼を納得させる言葉を探した。

私、最上和花《もがみわか》がこの中堅広告代理店『しののめ広告株式会社』に入社して一年と少しが経つ。

広告業界というきらびやかな世界に胸を弾ませていたのは入社後三ヶ月までで、営業として独り立ちしてからはクライアントとチームと制作会社の板挟みになり、常に胃が痛む毎日だ。

広告代理店はクライアントからの案件をゲットするため、まずは競合プレゼンテーションに勝たなければならない。そのための企画を立ててチームを組み、中心になって動くのが営業の仕事なのだ。

うちの会社では通常、営業部からひとりとクリエイティブ部とマーケティング部からふたりずつが参加し、計五人でチームを組む。

営業はとにかくやることが多い。チームの意見をまとめ、プレゼンテーションをし、無事に案件をゲットしてからも業務は続く。今度は企画を実際の形にするために制作会社やセールスプロモーション会社に発注し、進捗や予算の管理をしなければならないのだ。

つまり営業とは常に企画の中心になりチームに適切な采配をし、さらにそれが完全な形になって納品されるまで責任を持って管理しなければならない、非常に重要で責任の重い立場なのである。

しかもたいていの案件は一筋縄ではいかない。クライアントから急なオーダーの変更が出るのは日常茶飯事なので、それを調整するのも営業の仕事だ。クライアントにノーと言えない以上、チームや外注先に頭を下げるのは私の仕事になる。

納品日の変更、ビジュアルイメージの変更、キャッチコピーの変更。ひどいときは起用したモデルの変更を要望されたこともあって、私は制作会社とモデルの事務所とクライアントの板挟みになって、三日で三キロやせたことがあるくらいだ。

それでも、自分が立ち上げた企画が形になっていくのは楽しいし、街中で自分が手掛けたポスターやCMを目にしたときは感激もひとしおだ。

それは一緒に企画をつくり上げたチームも同じで、ひとつの案件をこなすたびにほかのメンバーとの信頼や絆が深まっていく気がする……のだけれど。

——東條椿樹《つばき》。クリエイティブ部門ディレクターの彼とだけは、絆どころか溝が深まる一方のような気がする。

クリエイティブ部門を牽引《けんいん》する彼は、我が社になくてはならない人材なのは間違いない。コピーにもデザインにもCMプランニングにも長けており、その卓越したセンスは大手広告代理店からヘッドハンティングの話がくるほどだ。

クリエイティブが専門分野であるにもかかわらず顧客のニーズやデータを読み解く力もあり、彼が参加したチームの競合プレゼンテーションは勝率八割を超えるという。ケチのつけようがない有能ぶり。それなのに私が……いや、営業のほとんどが密かに彼とチームを組みたがらないのは、その性格に難があるからだ。

四角四面。理路整然。理詰めで相手を追い込む、いわゆるロジックハラスメント。

とにかく東條さんは融通が利かない理屈屋なのだ。

しかも彼はモノの言い方がキツい。乱暴な言葉を使うわけではないのだけれど、まったく温かみがなく、人を人として扱っていない気さえする。

もちろん愛想なんてものは皆無だし、私は入社以来、彼が笑っているところを見たことすらない。

彼の作るクリエイティブ作品は、クライアントの伝えたいメッセージをターゲット層に的確に、かつ心地よい印象で届けることができるのに。どうして本人はこんなにもコミュニケーションが攻撃的なのか、謎である。

まあ、飛び抜けた芸術肌の人には変わり者が多いともいうし。東條さんもその類なのかもしれない。だからこそ愛想の必要な営業部にいるのではなく、才能で勝負するクリエイティブ部門のトップにいるのだから。

そんな変人……もとい、天才気質なので、東條さんには恋人はおろかプライベートの友人すらいないという噂だ。

……実にもったいないと感じているのは、きっと私だけではないと思う。

いつも黒を基調としたシンプルなファッションに身を包んだ、モデル並みの高身長とスタイルのよさ。シャープな輪郭に切れ長の涼やかな目。スラリとした綺麗な鼻筋に、クールな色気たっぷりの薄い唇。アップバングのサラサラなミディアムヘア。はっきり言って東條さんはイケメンである。それもかなりの。

有能でセンスもよくスタイルもルックスも抜群、おまけに二十九歳という男盛りの年頃。本来ならモテてモテて仕方のないスペックのはずだ。

実のところ、私も入社したばかりの頃は彼に憧れていた。大人っぽくてクールで仕事もできてなんて素敵な人なんだろうって、うかつにも胸をときめかせたのだ。

ところがどっこい、そんな儚《はかな》い恋心は半年前に初めて彼とチームを組んだときに打ち砕かれた。

まだおぼつかない新入社員の私を彼は連日ネチネチとロジハラで追い詰め、すっかり萎縮してしまった私は企画をまとめることより彼に責められないことばかり考えるようになってしまい、その結果ボロボロの企画を出して見事に競合プレゼンテーションに負けたのだった。

……思い出すと今でも胃がキリキリする。もはやトラウマである。

それ以来私は恋心どころか彼に恐怖心を抱くようになり、社内でもなるべく顔を合わせないようにしてきた。もちろんチームを組むのも二度とごめんだと思っていたのだけれど……神様は、いや、営業部長は残酷だ。

このたび私が担当したのは、とある企業組合の案件。各社が社内託児所の設置、男女平等に取れる育児休暇の推進、時短制度の導入などに取り組み、育児支援に力を入れていることをピーアールするというのが、先方からのオーダーだ。

組合には複数の企業が参加していることもあり、そこそこ規模が大きい。私的には過去一番の大きな仕事になる。

それなのに……いや、だからこそ？　部長としてはサポートのつもりもあって、頼れる東條さんをチームに入れてくれたのだろう。

でも私にとってトラウマそのものの東條さんと組まされることは、苦痛以外の何物でもないわけで……。

企画立ち上げから一週間。いまだ進捗は足踏み状態、増えるのは私の胃薬ばかりな り、という現状なのだった。

「はぁ……、しんど……」

オフィスの時計がもうすぐ十時を指すのを見て、私は深くため息を吐いた。ちなみに午前ではない。

担当している案件はひとつじゃない。同時に進行しているほかの企画も、当然責任を持って管理しなくてはならないのだ。

「B社の企画まとめて……スタジオ確認して……C社のサンプルチェックして……」

抱えている件数はけっして多いはずではないのに、連日残業になってしまうのは私の要領が悪いからにほかならない。

もともとマルチタスクが得意とは言いがたいことは自覚している。ならばあとは努力と愛嬌でカバーするしかないとわかっているけれど、さすがにため息が漏れる。

いつもならこの時間でもチラホラと人が残っているのに、今日は珍しく誰もいない。

残業常連の私だけだ。

我が社はフリーアドレスなので固定席はないのだけれど、残業するときはいつもロッカーから一番近いミーティングスペースばかり使ってしまう。パーティションが一枚あるだけで落ち着く気がするからだ。

ほかに誰もいなくなったオフィスで、寂しくキーボードを叩く音が響く。作業がひと段落したところで、私は椅子から立ち上がり大きく伸びをした。

「う〜、目が痛い」

閉じたまぶたをギュッと指圧して開いた目に、今日も全然進まなかった企画の資料が映る。

「はぁ……、どうしよ。組合の企画」

例の、東條さんと同じチームで進めているものだ。昨夜、睡眠時間を削って考えてきた案は、東條さんの『なぜそのテーマにした』『なぜその層がターゲットだと思った』『なぜきみはクライアントの意向をそう汲んだ』という、なぜなぜ攻撃で撃沈した。

「……なぜ、なぜって……。どうして伝わんないかなあ。人間ってもっとこう、曖昧なものからでもメッセージを読み取れるものじゃないの？　空気読むっていうかさぁ」

ブツブツと文句を言いながら、飲みかけていたパックの胡麻《ごま》豆乳を喉に流し込む。

不規則な生活で肌も荒れがちな私にとって、セサミンとイソフラボンは強い味方だ。

お腹もすいてきたし今日はそろそろ帰ろうかなと、もう一度伸びをしたときだった。

廊下からものすごい勢いで早歩きしてくる足音が聞こえ、次の瞬間、背の高い影が室内に勢いよく飛び込んできた。

もう誰もフロアに残っていないと思っていた私は驚きのあまり、心臓が口から飛び出そうになる。けれど私が叫ぶより早くその人物は脇目も振らずこちらへ向かってくると、目の前までやって来て折り目正しく頭を下げるではないか。

「業務中、申し訳ない。折り入って頼みがある」

「と……東條さん……？」

それは、とっくに帰ったはずの東條さんだった。

なにがなんだかわからず唖然としている私に、彼は頭を上げると大真面目にこちらを見据えて言ったのだ。

「俺と育児をしてほしい」

「……幻聴かな？」

どうやら私は疲れすぎてついに精神に異常をきたしたらしい。明日は有休を取って病院へ行かねばと考えていると、目の前の端正な顔が焦った様子で「幻聴じゃない！」

と叫んだ。

そして私に急いで帰り支度をさせると、強引に腕を引いて会社の駐車場まで連れていったのだった。


「え？　え？　えええーっ⁉」

東條さんの車の後部座席には、チャイルドシートに乗せられたまま眠っている赤ちゃんがいた。私は窓の外からその光景を覗き、驚きと困惑に思わず声をあげる。

「ど、どうしたんですか？　東條さん、独身でしたよね？　っていうか、駐車場に赤ちゃん置いたまま会社に入ってきちゃ駄目じゃないですか。万が一のことがあったらどうするんですか？」

つい矢継ぎ早に尋ねる私に、東條さんは実に珍しく渋い表情を見せると、慌てて車のロックを開けながら言った。

「や……やっと寝たんだ。ずっと泣き叫んでいて、会社に着く五分くらい前に泣き疲れたのかようやく眠って……。起こしてはかわいそうかと思って、置いてきてしまった。たしかにきみの言う通りだ、反省する」

素直に自分の非を認めた東條さんに、私は思わず口をあんぐりと開ける。この人が反省する姿など初めて見たと驚愕《きょうがく》したけれど、そもそも東條さんは間違ったことは言わないので反省する場面もないだけだった。

どちらにしろ珍しいものが見られたなと思いながら、私は大きな音をたてないように後部座席のドアを開き、体を半分乗り込ませて赤ちゃんの様子をうかがう。

どうやら相当泣いたのだろう。丸い頰に幾筋も残る涙の跡が痛々しい。

「いっぱい泣いたから汗かいてますね。着替えさせないと、風邪ひいちゃうかも」

赤ちゃんは発汗しやすい。おでこにべったりと汗で張りついている前髪をよけ、ハンカチで顔周りと首筋の汗を拭ってあげていると、東條さんが「着替え？ ……起きてしまわないか？」とあきらかに困った声色で言った。眠ってしまうまで泣きわめかれたのがよっぽどこたえたらしい。

なににせよここには着替えもなさそうだし、私に助けを求めてきたということはほかに頼る人も目下いないということなのだろう。

「この子は東條さんのおうちで預かっているんですか？」

「一応……そうなる」

「じゃあとりあえず、私を東條さんの家まで連れていってください。ここでウダウダしてる間に風邪ひいちゃいますから。私が着替えさせて寝かしつけます。というか、それを頼みにきたんですよね？」

私の言葉に、東條さんがコクコクとうなずく。こんなに余裕のない彼を見るのは初めてで、うっかり噴き出してしまわないようにこらえる。

「事情は車内で聞きますから、とにかく行きましょう」

この調子ではちゃんとミルクや水分を与えているかも心配だ。

私はさっきまでの仕事の疲れも忘れ、一刻も早く赤ちゃんを着替えさせ水分を与えベッドに寝かしつけることだけを考えて、車の助手席にさっさと乗り込んだ。


運転中に聞いた東條さんの説明によると、この赤ちゃんは彼の妹さんの娘……つまり姪っ子らしい。

なんでも東條さんは五年前に両親を亡くしており、親戚もおらず、血縁関係にあるのは三つ年下の妹さんだけなのだとか。

しかしこの妹さんがなかなか奔放な性格らしく、大学卒業後、『世界的デザイナーになる』と言って海外に行ったきり音信不通だったというのだからびっくりだ。

それが今夜、東條さんが自宅でくつろいでいたところにいきなりやって来て、『ほかに頼れる人がいないの！　お兄ちゃん、ちょっとだけこの子お願い！』と懇願してきたという。

妹さんが言うには、スイスの建築デザイン事務所で働きながらシングルマザーをしていたけれど、このたび開発途上国の学校のデザインを担当するチームのメンバーに選ばれたそうな。けれどさすがに一歳にもならない赤ちゃんを連れていくのは難しいらしく、東條さんを頼ったらしい。

いきなりの再会、しかも初めて妹の近況を知って、東條さんがひたすら唖然としている間に、妹さんは赤ちゃんと荷物を押しつけ『じゃあ、よろしくね』といなくなってしまったとのことだ。

そして東條さんが状況を把握する余裕もないまま赤ちゃんは泣きだし、子供のお世話などしたことのない彼は完全にパニックになって会社まで助けを求めにきた……というのが事の顛末《てんまつ》だそうだ。

さぞかし焦っていただろうに、ちゃんとチャイルドシートをつけてきたところは偉いというか、東條さんらしいというか。

そんな説明を聞き終わる頃、車は会社から十五分ほど離れた彼のマンションへと到着した。

「で、この子のお名前はなんていうんですか？」

後部座席のシートから、ぐっすり眠っている赤ちゃんをそっと下ろしながら尋ねる。

「えれん。――永遠の恋と書いて『永恋《えれん》』だそうだ」

「永恋ちゃんですね。わかりました」

さすがワールドワイドな妹さん、名づけもそこはかとなく国際的だ。

永恋ちゃんを腕に抱き、私は地下駐車場から三階にある東條さんの部屋へと向かった。


東條さんの住むマンションは、いかにも彼が好みそうな直線的なデザインのデザイナーズマンションだった。

モノトーンの床と壁、そして大きな窓に囲まれた部屋はワンルームというか1DKというかなんとも形容しがたく、天井が高く広々とした空間をガラスのパーティションのようなもので区切ってある。

非常にハイセンスだとは思うのだけれど、正直、暮らしにくそうだなと思ってしまった。

私はひとまずバスタオルを敷いたラグの上に永恋ちゃんを寝かせると、妹さんが置いていったという大きなバッグをあさった。

入っていたのは十数着の服と肌着や靴下、哺乳瓶と消毒セット、粉ミルクの缶と瓶入りのベビーフードと食器。それから永恋ちゃん愛用と思われるタオルケットに枕に幾つかのおもちゃ。あとはガーゼとオムツとお尻ふき、ベビーパウダーとベビーオイル、そして母子手帳だった。

「あとは、ベビーカーとチャイルドシートも置いていった。ベビーカーは玄関に置いてある」

荷物をチェックする私を見て、東條さんが説明を付け足す。これだけのものを預けていったということは、やっぱり妹さんは数ヶ月は帰らないだろうことがうかがえた。

「東條さんは電気ケトルのお湯を七十度にして、いつでもミルクが作れるようにしておいてください。それから、オムツこれだけじゃすぐ足りなくなるんで買い足しにいってください。メーカーとサイズはこれと同じものを。あとついでに温度計と、汚れ物を漬け込んでおくバケツも」

母子手帳によると永恋ちゃんはもうすぐ八ヶ月。アレルギーや肌のかぶれなどはとくにないようだ。

東條さんは私の出した指示に「わかった」と返事するとすぐに取りかかりにいった。

その間、私はガーゼで汗を拭きながら永恋ちゃんの服を脱がしていく。

「あーあ、やっぱり」

預けられてから替えられていなかったのだろう、オムツもパンパンだ。

「かわいそうに、気持ち悪かったよね」

お尻を拭いてパウダーをはたきながら、私は心配になってくる。果たして東條さんは、妹さんが迎えにくるまでこの子の健康を守ることができるのだろうかと。

「東條さん、予測不可能なことに弱そうだもんなあ……」

実は私には年の離れた双子の弟妹がいる。年齢がひと回り違うので弟妹たちが赤ちゃんだった頃は、それはよく面倒を見たものだった。

そんなふうに赤ちゃんに慣れている私からしてみたら、オムツにすら気の回らない東條さんは実に頼りない。途端に永恋ちゃんの健康と命が心配になってくる。

そうして綺麗なオムツに替え着替えも済ませたところで、永恋ちゃんが目を覚ました。途端に泣きだした彼女を抱き上げ「よしよし」と腕の中であやしていると、ちょうど東條さんも買い物から帰ってきた。

「お腹すいてると思うんでミルク作ってください」

さっそくお願いすると、東條さんはアタフタしながらミルク缶の説明を読みだした。

「スプーンにすりきりで……」

「八ヶ月のところ見てください」

「ええと、二百ミリだからスプーン九杯か」

慣れない手つきで東條さんが哺乳瓶に粉ミルクを入れていく。いつもは器用な彼が粉をこぼすほど焦っているのは、きっと永恋ちゃんが泣いているせいだろう。赤ちゃんに慣れていない人というのは、赤ちゃんの泣き声に焦りがちなものだ。

「人肌に冷ます……？　なんだこの曖昧な説明は」

「四十度が目安です。買ってきた温度計を消毒して計ってください」

案の定、戸惑う様子を見せる東條さんに、私は永恋ちゃんをあやしながら指示する。

そして、東條さんがおぼつかない手つきで作ったミルクを受け取ると、自分の手首の内側に数滴垂らし一応温度を確認してから永恋ちゃんに与えた。

よっぽどお腹がすいていたのだろう、永恋ちゃんが夢中になって哺乳瓶をくわえる。

それを見て、東條さんが肺の中の空気が尽きそうなほど大きな安堵の息を吐いた。

「……助かった。育児など未経験で、彼女がなにを求めているのか俺には見当もつかなかった」

本当に安心した様子の東條さんを見て、少しだけ親近感が湧いた。いつも涼しい顔をしている彼は理詰めで誰かを困らせることはあっても、困った顔を見せることなどなかったのだから。

　東條さんも慌てたり困ったりするふつーの人間なんだな、なんて顔が綻びそうになったのも束の間。

「きみの業務を中断させたことに対する補償と、力を貸してくれたことに対する謝礼は必ずする。最大限考慮するつもりだが、きみのほうから条件があるなら言ってほしい」

　続けて告げられたあまりにも事務的な言葉に、私はガックリとした。

　……どうしてこうも人間味がないのかな、この人は。

　補償も謝礼もいらない。ただひと言「ありがとう」って微笑んでくれれば、私はそれだけで十分なのに。

　やっぱり東條さんは東條さんだとうんざりしたけれど、だからといって腕の中の小さな命を放り出せないのが、なんともジレンマだ。

「とりあえず私のことはいいですから。永恋ちゃんのことを考えましょう。今夜はお腹いっぱいになったら寝ると思いますけど、明日からどうするつもりですか？」

　きっと東條さんのことだ。仕事や私生活を侵食されるのが嫌で、預かってさえくれればなんでもいいというような思いから、怪しい託児所に永恋ちゃんを任せかねない。

あるいは乳児院などの福祉施設に連れていってしまうか。

育児能力ゼロの彼が面倒を見るよりは安全かもしれないけれど、邪魔者のような扱いをしては永恋ちゃんがふびんだ。

けれど。返ってきたのは意外な言葉だった。

「とりあえず明日は有休を取る。今後、彼女と共に暮らすにあたって、俺はあまりにも知識がない。まずは乳児に関する情報を集めて、彼女の健康を維持できる環境を整えなければ。それに最適な保育のサービスを探す必要もあるからな」

「……休むんですか？」

「ああ。今は急を要する案件は請け負っていないから大丈夫だろう」

絶対仕事優先主義だと思っていた東條さんが、まさか永恋ちゃんのために躊躇なく休みを取るとは……あまりにも思いがけず、私はパチクリと瞬きを繰り返してしまう。

「そ、そうですか！　それはいいことですね。しっかり永恋ちゃんとの今後を考えてあげてください」

「言われずともそうするつもりだ」

そんな会話をしているうちに、永恋ちゃんは哺乳瓶をくわえたままウトウトとし始めた。私はそっと哺乳瓶を離し、彼女が完全に寝つくまでゆらゆらと腕の中で揺らす。

「……寝そうですけど、永恋ちゃんどこで寝かせるんですか？」

部屋を見回したけれど、さすがにベビーベッドはない。もう寝返りやずり這いをすることを考えるとソファで寝かせるのも危険な気がする。

すると東條さんは部屋の壁際にある自分のベッドまで行って、そこに永恋ちゃんの枕とタオルケットをセットした。

「ここに寝かせてくれ。寝心地は悪くないはずだ」

フレームもリネンも黒で統一したおしゃれなベッドのど真ん中に、うさぎ型のドーナツ枕とひよこがプリントされたタオルケットが置かれる。それを見て私は思わず笑いそうになった口もとを、慌てて引きしめた。

どうやら永恋ちゃんにベッドを譲って、彼はソファで寝るつもりらしい。東條さんが自分の枕を移動させるのを見て、私はそれを止めた。

「一緒に寝てあげたほうがいいですよ。そのベッド柵がないから、永恋ちゃんが寝返り打ったら落っこちちゃう可能性があります。外側に寝てガードしてあげてください」

忠告を聞いた彼の表情が、おもしろいほど変わる。ハッとして「そうか」とつぶやいた直後、東條さんは実に渋い表情で考え込み、最後は眉尻を下げてしまった。

「……こんな小さな生き物と寝るのか……。寝相は悪くないほうだとは思うが……っぶしてしまわないか心配だな……」

おそらく今夜の東條さんは一睡もできないだろうなあという予感はしたけれど、それ以外にいい方法も見つからないので、私はにっこり笑って「気をつけてくださいね」とエールを送っておいた。

永恋ちゃんを無事ベッドに寝かせてから、私は東條さんにオムツの替え方と替えるタイミング、それにミルクとベビーフードを食べさせる時間など、基本的なことを教えてから帰った。

一応、「困ったことがあったらいつでも連絡してください」とは言っておいたものの、彼の性格からしてこれ以上私には甘えないような気もする。

今日は本当に切羽詰まって会社に駆け込んだところに、たまたま私がいたから頼っただけで、本来ならば私みたいな未熟な小娘の指示を仰ぐなど彼のプライドが許さなさそうだ。

〝足代〟という名目で東條さんが呼んでくれたタクシーで帰りながら、私は永恋ちゃんが妹さんのもとに帰る日まで無事であることを祈った。

翌日。社内所在管理システムの東條さんの欄が〝有休〟の表示になっているのを見て、私は昨晩のことが夢ではなかったのだなと確信した。

あの冷血かつ完璧人間の東條さんが『俺と育児をしてほしい』などと私に頭を下げたうえ、オロオロとしながらミルクを作ったり、オムツの替え方を謙虚に聞いていたりした姿は、今思い出しても現実感がない。あまりにもストレスのたまった私の脳が見せた幻覚ではないかと、今朝方まで疑っていたのだ。

「……夢でも幻覚でもなかった……ということは、東條さん今頃は永恋ちゃんのお世話にてんてこまいしてるのかな」

ちゃんと哺乳瓶は消毒できているだろうか。オムツを替えた後パウダーをはたくことを忘れていないだろうか。ぐずったときに焦らず対処できるだろうか。

考えだすと途端に私まで不安になってきて、一度電話をしてみようかとスマートフォンを手に取る。けれどそのタイミングでスマートフォンのコール音が鳴り、製作現場から緊急の連絡が入ってしまった。とりあえず東條さんのことは頭の隅に追いやり、仕事モードへと気持ちを切り替えた。

午後になり、私は誰もいないリフレッシュスペースで遅い昼食を取ることにした。

忙しかったのがひと段落つくと途端に東條さんと永恋ちゃんのことが気になり、私は豆乳スコーンをかじりながら東條さんにメッセージを送った。

【おはようございます。永恋ちゃんは大丈夫ですか?】

するとわずか数秒後。まるで待ち構えていたかのように、長文の返信が矢継ぎ早に送られてきた。

【もう一時間近く泣きやまない。寝つくタイミングとオムツを汚すタイミングが重なって、どちらを優先すべきか俺では判断ができない。ミルクは朝に一六〇CC飲んだが、ベビーフードは摂取しなかった。湯冷ましも飲まず脱水症状が心配だが、ミルクばかり与えて健康を害さないものかきみに尋ねたかった】

「……うわ、こりゃ予想以上に大変そうだ」

怒涛の質問攻めに、東條さんの悲鳴が聞こえそうな気がした。

おそらくメッセージでは埒《らち》が明かないだろうと思い、私は東條さんに直接電話をかける。するとまたしても待ってましたと言わんばかりに、速攻でコール音が通話に変わった。

「もしもし。最上ですけど――」

『す、すまない! 教えてくれ! もうずっと泣きっぱなしなんだ、哺乳瓶も受け付けない。そもそも永恋が空腹なのか、水分は足りているかも不明だ。熱はないが、どこか痛いのだろうか？　調べたくともずっと抱いているのでパソコンすら動かせない。お、俺は救急車を呼ぶべきなのか？』

「落ち着いてください、東條さん。まずは深呼吸ですよ。はい、吸ってー吐いてー」

受話口からは盛大に取り乱している東條さんの声と共に、永恋ちゃんの元気いっぱいな泣き声も聞こえてくる。あの気障《きざ》なデザイナーズマンションの部屋でこのパニックが繰り広げられているのかと思うと笑いそうになるけれど、それよりもまずは東條さんを落ち着かせることが先決だった。

「慣れない環境で慣れない人にお世話されて、永恋ちゃんも戸惑ってるんですよ。まずは東條さんがパニくらないことが大切です。不安は赤ちゃんに伝染しますよ」

『……な、なるほど』

納得したのか、電話の向こうからは東條さんが深呼吸する音が聞こえる。そしてそれが済むと、さっきよりかは幾分落ち着いた声で話しかけてきた。

『それで、どうするべきだ？　救急車は必要か？』

「朝にミルクを飲んだきりなら、きっと永恋ちゃんはお腹がすいています。安全な場所に永恋ちゃんを寝かせて、東條さんはミルクを作ってください。あと室温が高いとぐずりやすいです。窓を開けたり、靴下を脱がせてみたりしてください」

ひと通りアドバイスをすると、東條さんは『試してみる』と言っていったん電話を切った。そして十分後。

『窓を開けベランダから景色を見せながらミルクを飲ませたら、あっという間に寝てしまった』と電話がかかってきた。

東條さんの声には隠しようのない安堵と疲労感が滲《にじ》んでいる。育児をしたことのない人が一時間近く赤ちゃんの泣き声にさらされるのはかなりキツかったに違いない。そろそろ彼の心が折れて、永恋ちゃんの面倒を見ることを放棄したくならないか心配になってきた。

「大丈夫ですか？　永恋ちゃん寝たなら今のうちに東條さんも少し休まれたほうがいいですよ」

このぶんだと彼も食事どころかトイレにさえ行けていなかったのではないかと思い、休憩を促してみる。けれど返ってきたのは我を取り戻したようにきっぱりとした口調だった。

「いや、大丈夫だ。永恋が寝たなら問題はない。今のうちに小児科など近隣の必要施設について調べておかねばならないからな」

やっぱりこういうところは真面目というか、律義なところが実に東條さんらしい。

「無理はしないでくださいね。永恋ちゃんが起きたらそちらを優先してください」

「わかっている」

そうして東條さんはすっかりいつもの調子に戻ったものの、私は退勤まで彼と永恋ちゃんが心配で気もそぞろに過ごしたのだった。


午後六時。残業常連の私だけれど、今日は大急ぎで片づけられる仕事は片づけ、後回しにできる仕事は後回しにして、会社を飛び出した。

昨夜は、もう東條さんは私に頼ることもないだろうなんて考えたけれど、今日の電話でのパニックぶりから察するにそれはとんでもない間違いだったと思い直した。

考えてみれば彼の身内は、例の妹さんしかいないのだ。そのうえ噂通り本当に友達もいないのであれば、彼が頼れる人は私しかいないのではないだろうか。

公的機関や民間サービスは子供を預かってくれることはあっても、東條さんに育児のイロハを丁寧に教えてくれるわけではない。

正直、東條さんと仕事を一緒にするだけでも胃が痛い私が、プライベートでまで会うなんて自分でもどうかしていると思うけれど、永恋ちゃんのことが心配なのだから仕方ない。関わってしまった以上は腹をくくろうと決意し、私は【今からお手伝いにいきます】とだけ東條さんにメッセージを送ってタクシーに飛び乗った。

もしかしたら断られるだろうかとも少しだけ不安に思った気持ちは、すぐにきた【よろしく頼む】という返事ですべて吹き飛んだ。


昨日はまるでモデルルームのようだった東條さんの部屋は、あちこちが段ボールで封鎖されてなんとも珍妙なことになっていた。

「どうしたんですか?」なんて聞くまでもない。永恋ちゃんのずり這い対策だ。彼女の手が届きそうなところはすべて段ボールで覆われ、頭をぶつけそうな椅子やテーブルの脚にはご丁寧にタオルが巻かれている。

もはやおしゃれなインテリアは見る影もないけれど、私は素直に感心した。いかにも自分のスタイルを優先しそうな東條さんが、洗練された自宅の雰囲気を崩してまで永恋ちゃんの安全を守ろうとしていたことに。

「……がんばってますね」

部屋に入って第一声、思わず感嘆のつぶやきをこぼせば、東條さんは当然とばかりに言葉を返した。

「緊急処置だがな。いずれ機を見て家具の配置を変えるつもりだ」

その場しのぎだけではなく、永恋ちゃんのために東條さんが模様替えまで考えていることに、私はまたしても内心びっくりした。

今日の有休といい、意外にも彼は自分より永恋ちゃんを圧倒的に優先する。相手は赤ちゃんなのだからそれは当然なのだけど、嫌な顔ひとつせずあたり前のようにこなすことは誰にだってできることじゃない。ましてや自分の子供でもなく、突然預けられたのであれば。

(……東條さんって、実は懐が深い?)

仕事ではどんな相手も容赦なくぶった切るので子供限定かもしれないけれど、それでも彼への印象が少しだけよくなったのはたしかだ。

部屋の奥に進めば、段ボールで作った囲いの中にバスタオルをいっぱい敷き詰めた簡易ベビーサークルの中で、永恋ちゃんがコロコロとしているのが見えた。

「機嫌よさそうですね」

昼は大泣きしていたけれど、寝て起きて落ち着いたのだろう。ガーゼを握りしめてひとりで遊んでいる永恋ちゃんの姿に目を細めると、どういうわけか東條さんは眉をひそめた。

「……バッグに入っていた玩具《がんぐ》がどれも気に入らないらしくて、さっきまでぐずっていたんだがな。きみを出迎えるため少しここに置いておいたら、勝手に機嫌がよくなった」

実に不可解だという顔をして、東條さんはご機嫌そうな永恋ちゃんを眺めている。

「まあ、機嫌がよくなったのならいいじゃないですか。それよりそろそろ晩ご飯ですよね。私が見てますから、東條さんはベビーフードとミルクの準備してください」

私がそう申し出ると、東條さんは頭を悩ませながらもキッチンへと向かっていった。

「おもちゃが気に入らないって、どういうことだろ?」

さっき彼が言ったことを思い出しながら、私は妹さんが残していったバッグの中を探る。入っていたのはおもちゃのラッパに、ガーゼ生地でできたクマのぬいぐるみ。布製の絵本や樹脂でできた軽いブロックなど定番のものばかりだ。

試しに私は「永恋ちゃん〜こんにちは〜」とクマのぬいぐるみを永恋ちゃんの目の前で動かしてみた。するとわかりやすいほどに彼女は瞳をキラキラとさせて、クマに向かって手を伸ばしてくるではないか。

「永恋ちゃん、ご機嫌でしゅね〜」

クマを操りこちょこちょとほっぺをくすぐれば、永恋ちゃんはキャッキャと大きな声をたてて笑う。

なんだ、やっぱりお気に入りのおもちゃじゃないと思いながら遊んでいると、背後で驚愕の表情を浮かべて東條さんが立っていることに気づいた。

「うわっびっくりした！　険しい顔して後ろに立たないでくださいよ」

「……そんな反応は初めて見た。なぜだ？　さっきまではなにを使おうが泣きそうな顔しかしていなかったのに」

「さっきは遊びたい気分じゃなかったんじゃないですか？」

赤ちゃんだって人間だ。気分が乗らなければ、かまわれてもうっとうしいとしか感じないときもあるだろうに。

そんなに愕然としなくてもいいのにと苦笑しながら、私はおもちゃのラッパを東條さんに手渡してみる。

すると彼はそれを手に取り、実にこわばった表情のまま永恋ちゃんに向かってプワ～とゆるい音を鳴らした。クールなイケメンが真剣におもちゃのラッパを吹いている光景はあやうく私のツボに入りそうになったけれど、肝心の永恋ちゃんは途端に真顔になって首を背け、あきらかな拒絶を示した。

「くっ……！　なにがいけないんだ……！　玩具とはいえ俺の演奏技術が拙すぎるのか」

永恋ちゃんに拒絶されものすごく納得のいかない様子で、東條さんは原因を模索しだした。実に彼らしい行動だと思いながらも、私は彼の手からラッパを取り上げ永恋ちゃんに向かって吹いてあげる。

「永恋ちゃん、楽しいねえ。ほら、ラッパが鳴るよー」

プアー～と再びゆるい音を響かせれば、今度は永恋ちゃんは楽しそうに微笑んで手をパタパタさせる。続けてラッパを吹きながらぬいぐるみでこちょこちょしてあげれば、彼女は最高にご機嫌そうに満面の笑みを浮かべた。

その様子を見て唖然としている東條さんに、私は再びラッパを手渡す。

「そんな怖い顔してラッパだけ鳴らしたって、誰も楽しい気分になりませんよ。赤ちゃんはロジックで動くコンピューターじゃないんです。表情もわかれば言葉だってわかります。ちゃんと伝えてあげなきゃ伝わりませんよ。笑ってほしい、一緒に遊ぼう、仲よくしようって……大人だってそうですよ」

最後のひと言は、ちょっぴり嫌みだったかもしれない。冷淡で理詰めなことばかり言う彼に、もっと人間らしい感情で接してほしいって。

私の言葉を聞いて東條さんはしばらく考え込んでしまった。もしかして出すぎたことを言って怒らせただろうかと一瞬肝が冷えたけれど、彼は再びラッパを構えると、永恋ちゃんに向かってなんとぎこちなくもニコリと目を細めてみせた。

「永恋。俺はきみの喜ぶ顔を所望する。俺はきみを保護する立場として、きみが心身共に健やかに過ごしてくれることを願う。そのためにこの玩具の使用を試みるので、不快でなかったら最上さんに見せたような感情表現をしてほしい」

赤子相手になに言ってるんだと一瞬ツッコミそうになったけれど、言っている内容にはちょっと胸が熱くなった。

東條さんって言葉足らずなうえ、チョイスする言葉がいちいち事務的だけれど、もしかしたら心根はいい人なのかもしれない。今の台詞《せりふ》だって要約すると、永恋ちゃんが大切で笑ってほしいという愛情にあふれた切なる願いだ。

言葉の印象に惑わされて彼を冷たい人間だと決めつけていたけれど、それって大きな間違いだったかもしれない。

(勝手なレッテルを貼ってわかり合おうとしなかったのは、私のほうだったのかも)

難解な言葉を聞いた永恋ちゃんは当然キョトンとしていたけれど、これが彼なりの精いっぱいの伝え方なのだと理解して私は見守ることにした。

そして東條さんが今度はプッ、プッ、プア~とアレンジを加えてラッパを吹くと、永恋ちゃんはさっきのような拒否反応は見せず、驚いたように興味深そうに彼とラッパをジーッと見つめた。

「い、いいですよ！　その調子！」

拒否られなかっただけでも大きな進歩だと思い、私は必死に東條さんを励ます。

わずかにでも手応えを感じたのか、彼はさらに抑揚をつけてラッパを吹き続け、さらにはノリノリで体を左右に揺らしだした。

「こ、こうか？　これでいいのか？」

「もっと笑って！　楽しいって気持ちを全力で込めて！」

プップクプ〜とラッパが鳴ったとき、興味津々というよりは唖然としていた永恋ちゃんがついに頬を持ち上げ目を三日月型に細めた。

東條さんの情熱が伝わったのか、愉快な伯父さんの姿に永恋ちゃんは満面の笑みを浮かべキャッキャと声をあげて笑いだす。

「……っ！　やった……！」

思わずといった感じで東條さんが小さくガッツポーズをした。彼のそんな情熱的な仕草を見たのは初めてだったので、なんだか私までテンションが上がってしまう。

「やった、やりましたね！　さすが東條さん！」

すると東條さんは頬をほんのりと紅潮させ、今まで見せたことのないやわらかな笑みを浮かべた。

「……うれしいものだな。こんなふうに気持ちが伝わって、目の前の相手に喜んでもらえるのは」

いつだってクールな顔が初めて和らぐのを目にして、私の胸が高鳴る。

（東條さんって……こんなふうに笑うんだ）

たったそれだけの発見が、どうしてかすごくうれしい。胃が痛くなるほど抱いていた彼への苦手意識が、一瞬で吹き飛んでしまうくらいに。

「よ……よかったですね！　じゃあ今度は離乳食に挑戦してみましょうか。今と同じ感じで、『おいしいね、食べるのって楽しいね』って気持ちであげればいいんです」

私まで思わず顔が綻び笑顔を浮かべて言えば、東條さんも微笑んだままコクリと深くうなずいた。

東條さんの必死な思いが伝わったのか、はたまたお腹がすいていたのかはわからないけれど、朝はまったく食べなかったというベビーフードを永恋ちゃんは大きな口を開けてパクパクと食べた。

「シラスはカルシウムが豊富で強い骨をつくるだけでなく、必須脂肪酸も多い。成長中のきみにはうってつけの食材だ。丈夫な体をつくるためにもぜひ摂取を勧める」

自分なりの言葉で一生懸命に永恋ちゃんに伝えながらスプーンを運ぶ東條さんの姿は、ちょっと笑いそうになるけれど温かみが感じられて。そんな姪と伯父のほのぼのとした姿に私は頬がゆるみっぱなしだった。

「東條さん、晩ご飯まだですよね。よかったら私作りますよ。永恋ちゃんいたら外に食べにいくのも、料理するのも難しいでしょうし。キッチンと材料、適当に使わせてもらえるならなにか作りますよ」

彼を応援したい気持ちになってそう提案すると、東條さんは少し驚いたような顔をしてから「だったら」と口を開いた。

「きみのぶんも作って食べていくといい。俺の依頼できみはここに来ているんだ、きみの食事の保障をする義務が俺にはある」

「……わかりました。お言葉に甘えてご一緒させてもらいますね」

相変わらずの事務的な彼の言い方に、気持ちが落胆したのはどうしてだろう。

言葉では他人行儀でも心は違うかもしれないと、さっき気づいたばかりなのに。なぜだか私の胸はチクチクと痛む。

「依頼に、保障に、義務か……」

キッチンに立ってつぶやくと、自分がなにを求めているかがわかった気がした。

『ありがとう。よかったら一緒に食べよう』――そんな普通の言葉を東條さんに望むのはワガママだろうかと、戸惑いも覚えながら。

なんだかんだと永恋ちゃんに振り回されながらも、東條さんは今日のうちにベビーシッターの手配などを済ませたのだという。

「どんな人物なのか会って話がしたいと申し出たら、五社中三社がすぐに家まで来たんでな。順番に面接と永恋とのやりとりを観察した結果、一番信頼できそうだと思ったシッターに依頼を決めた」

「な、なるほど……」

お腹いっぱいになった永恋ちゃんをベビーサークルで遊ばせているうちに、私は東條さんと晩ご飯を取りながら今日の顛末と今後の計画を聞いた。

「これで明日からは仕事にも行けるし、永恋に必要なものを買いにいく時間もできる。もっとも、時間が限られているがな」

とりあえずは預けられる人が決まったことに、私もホッとする。

東條さんが永恋ちゃんを我がこと以上に大切に思っていることはもうわかったし、

そんな彼が厳選したベビーシッターならばきっと大丈夫だろうと思えた。

しかし、お世話をする人が急いで必要だとはいえ、東條さんがベビーシッターを選択したのは少し意外だった。会社でもめったに私的なことを話さない彼は、自分のプライベートな空間に他人を入れることに抵抗があるのだと思っていた。だから私も昨日は緊急事態で部屋に入れてもらえただけで、今日の訪問は断られるかもしれないと少し危惧していたのだ。

「……もし探す余裕があれば、託児所という手もありますよ。ベビーシッターだと長期利用の場合、かかる金額も大きくなってきますし」

永恋ちゃんを優先するのは立派だけれど、あまり無理をすると東條さんのストレスが心配だ。

ちょっとおせっかいを焼いた私に、東條さんは箸を進めながら淡々と言った。

「ただでさえ慣れない環境で暮らすことになった永恋に、さらに新しい環境になじめというのも酷な話だ。きみが言ったのだろう、慣れない環境や慣れない相手と接触することで永恋も緊張すると。だったらせめて彼女の負担を減らすため、この部屋で面倒を見られる配慮をすべきだ」

「それはそうですけど……、東條さんの負担になりませんか？　その……東條さんって、部屋に他人を入れるのとか嫌がる人かと思っていました」

素直に心配を口にすると、彼はまたしても少し驚いたように目を大きく開いた。そしてどことなく口ごもったように答えた。

「……人による。ある程度信頼できる人間ならば、抵抗はない」

そうなんだと思いながら、私は「ん？」と箸を止める。

ということは、昨日だけでなく今日も部屋に入れてもらえた私は〝ある程度信頼できる人間〟に入るのだろうか。

だとしたら少しうれしいなと思いながらお味噌汁をすすっていると、東條さんが視線を泳がせながらぼそぼそと話しだした。

「つまり自宅へ侵入を許す割合と信頼度は比例していて、よりプライベートな空間であればあるほど相手への信頼は強く、例えば根源的欲求と密接な関わりがあるキッチンなどはとくにその、俺にとっては赤裸々ともいうべき場所で……」

「え？　赤飯がどうかしましたか？」

ごにょごにょとしゃべられて聞き取れなかったので尋ね返すと、東條さんは咳払いをした後「いや。なんでもない」と言って椅子から立ち上がった。そして慌てたように「ごちそうさま」と手を合わせてから、空になった食器をシンクへ運んでいった。

翌日から、東條さんは通常通り出勤するようになった。

会社での彼は相変わらずの堅物ぶりで、ミーティングでも見事なロジハラをかましまくってきた。

「マーケティングの結果からもA案がクライアントの意向に近いのはあきらかだ。あえてB案にする意図がどこにあるのか、きみは説明する義務がある」

真っ向から私のB案を否定する彼に、(くっ……昨日は永恋ちゃんに泣かれて私にすがってきたくせにエラソーな……!)とみみっちい恨み節が湧く。

けれど私はハッとして昨日のことを思い出すと、こっそり深呼吸をして冷静さを取り戻してから和やかな口調で言った。

「私が伝えたいのは、育児支援の手段ではなく心です。まずは『あなたの力になりたい』という企業の心を感じ取ってほしい。企業の取り組み例を事務的に伝えたって駄目なんです。『育児中の社員を応援したい』『一緒にがんばろう』、そんな育児中の人がホッとして笑顔になれるメッセージを伝えたいから、私はB案を選びたいと思います」

私の言葉に東條さんが表情を変えた。目からウロコが落ちたと言わんばかりの顔で「……心を伝える。そうか……」と小さくつぶやくと、彼は腕を組んで盛大に悩み始めてしまった。そしてしばらく経ったのち、眉間にしわを寄せ悩ましい表情をしながらも口を開いた。

「……きみの主張はよくわかった。その……まずは、いい意見だと思っていることを俺は伝えたい。ただ、メッセージの次のステップである手段についての情報もある程度は盛り込むべきだと俺は考える。ええと……B案やきみの考えを否定しているのではない。それを尊重したうえでさらに改良すべき……いや、みんなで改良していこうと提案する。最上さんひとりが抱えるのではなく、きみが指示を……ではなく、話し合ってそれぞれができることで力を合わせよう」

よほど悩みながら発言したのか、東條さんは言い終えるとフーッと大きく息を吐き出した。ミーティングテーブルについていたほかのメンバーは、ぎこちなくも一生懸命に言葉を選んだ彼の姿に、目をまん丸くしている。

そして私はというと、泣きそうなほどに感動していた。

あの！　あの東條さんが！　必死に自分の思いを伝えようとがんばってくれたのだ！　私の案を全部否定しているわけではないということ、営業ひとりが全部抱え指揮を執るのではなく力を合わせたほうがいいということを。

やっぱり彼は言葉の選び方や伝え方が下手なだけで、性悪なんかじゃなかったのだと胸が感激で震える。

きっといつもの四角四面な言い方だったなら、私は自分の案が否定されたと受け取って、またしてもひとりで改良作業を抱えてしまっただろう。

もしかしたら東條さんも今までもどかしかったのかもしれない。否定しているわけでも責めているわけでもないのに、チームのメンバーにそう捉えられてしまうことが。

昨日、永恋ちゃんに笑顔を見せ気持ちを素直に言葉にした経験が、きっと東條さんを変えたのだ。コミュニケーションはロジックじゃない。下手でも不器用でも、必死な思いはきっと伝わる、と。

「そ、そうですね。僕もB案とA案のいいところをうまく組み合わせたほうがいいと思います」

「あ、じゃあイメージサンプル幾つか作ってみましょうか」

「だったらこのマーケ調査も趣旨を変更したほうがいいかな」

驚きに固まっていたチームのメンバーも我を取り戻すと、皆コクコクと首を縦に振りながら同調しだした。足踏みしていた企画が、ようやくよい方向に進みそうな気配を見せたのだ。全員この波に乗らないわけがない。

それからミーティングは驚くほど順調に進んだ。あれほど迷走していた方向性がピタリと決まり、それからは各々がそれぞれの立場から最適な案を提示してくれた。

「東條さん！」

ミーティング後、私はリフレッシュスペースでコーヒーを飲んでいた東條さんを見つけ声をかけた。

「さっきはありがとうございました」

「なにがだ？」

「えっと……私の意見も尊重してくれてうれしかったです。正直、毎回東條さんに一刀両断されたり、『なぜ』『なぜ』で追い詰められたりするの、怖かったですから」

彼が本当は冷酷な人間じゃないとわかったからか、私も自分の気持ちが素直に口から出た。

東條さんはいつものようにクールな表情をしていたけれど、やがて微かに眉根を寄せた後、コーヒーをテーブルに置き椅子から立ち上がった。

「……今まできみを萎縮させていたのなら申し訳ない。無自覚だった。反省し今後は同じことを繰り返さないよう対策する。……ただ、俺は前回も今回もきみの意見を否定していたつもりはなかった。最上さんの目のつけどころは俺からは斬新に思えて、その根拠を詳しく聞きたかったんだ。それをメンバー全員が共有し、さらに掘り下げることが望ましかったのだが……どうしてか、きみはいつも案を取り下げてやり直してしまうから不思議に思っていた。それにみんなでディスカッションすべきこともひとりで抱えてしまう。それがきみのスタイルなのだろうと認識し納得していたが……俺の言葉に萎縮していたせいだったなら、申し訳ない。深く謝罪する」

真剣に頭を下げられてしまい、私は心の中で「えええええええ!?」と叫んだ。

当然だけれども、彼に謝罪してほしいと思って話をしたわけじゃない。焦って「頭を上げてください、東條さん！」とワタワタと手を振る。

かなり面食らったけれど、またひとつ彼に対する誤解が解けたことに胸は密かに弾んでいた。

「……わ、私のほうこそ……東條さんのことをいろいろ誤解していました。勝手に怖い人だと思い込んでいて……ごめんなさい」

こちらもペコリと頭を下げると、東條さんはキョトンとした後、顎に手をあて少し口ごもったように尋ねた。

「つまり……今はその認識を改めたと……？」

「はい。永恋ちゃんのお世話をする東條さんを見て、印象が変わりました。それに今もこうして私みたいな新人にためらわず頭を下げられて、すごい人だなあって感動しています」

知れば知るほど、東條さんの誠実さに気づかされる。自分に非があると認めれば相手が新人だろうと即座に頭を下げられることも、永恋ちゃんのために自分のスタイルや生活を迷わず犠牲にすることも、けっして簡単にできることじゃない。

そんな彼のことを怖いと思うどころか、今は尊敬の念さえ抱いている。……できることなら、もっと知りたいとも。

「……そうか」

ポツリとつぶやいた東條さんは、どことなくソワソワした様子で視線をさまよわせた。そして咳払いを二度ほど繰り返すと、視線を私に向けて口を開いた。

「もし最上さんの都合がよければ、今日もうちに来てもらえないか？」

もし東條さんが嫌でなければ、今日もお手伝いにいくつもりではいた。けれど改まって彼のほうから言われると、なんだかうれしくて口角が上がってしまいそうになる。

……ところが。

「もちろん謝礼はする。きみのプライベートな時間を奪っている補償はできるだけするつもりだ」

いつもの言い回しに、また少しだけ落胆した。

わかっている。これが彼なりのお礼の言葉なんだって。けれど――。

「お手伝いはさせてもらいます。けど、謝礼も補償もいりません。欲しいのは……もっと東條さんの気持ちが伝わる言葉だけです」

ずっと胸に引っかかっていたことを、思いきって告げてみた。

伝えてほしいなら、私だってちゃんと伝えなきゃ駄目なんだ。ましてや真面目だけど超絶不器用な東條さんになら、なおさら。

いきなりそんなことを言いだした私に東條さんは目をパチパチさせていたけれど、やがて腕を組んで考えだすと「ええと……」とためらいがちに口を開いた。

「……どうもありがとう。きみには何度も助けられて、心から感謝している。けど、頼りすぎて申し訳なくも思っている。……ごめん。それから……ありがとう」

東條さんのくれたちょっと不器用でストレートなお礼の言葉は、思っていた以上に胸に響いた。

うれしくて、安心して、なんだか泣きたくなってくる。

「どういたしまして。でも、悪くは思わないでください。私も永恋ちゃんのお世話するの楽しんでますから。ぜひこれからもお手伝いさせてください」

湧き上がる気持ちのまま微笑んで答えれば、東條さんの顔もやわらかに綻んだ。

「ありがとう。そう言ってもらえて、よかった」

切れ長の目を細め微かに頬を染めて言ったその姿に、私の胸が切ないほど高鳴った。


それから、私の毎日は少し変わった。

相変わらず残業常連、会社に泊まり込むことも辞さない多忙な日々だけど、早めに退勤できた日には東條さんのマンションに寄っている。

もちろん永恋ちゃんのお世話のお手伝いをするのが目的なのだけど、最近では東條さんと過ごす時間が密かに楽しみになっていた。

学習能力の高い東條さんは一週間ほどで基本的なお世話はそつなくこなせるようになった。ミルク作りもオムツ替えも手際よくできるようになり、永恋ちゃんがぐずっても暑いのか眠いのか退屈なのか冷静に分析して、以前のようにパニックに陥ることはもうない。

それはそれで頼もしいのだけれど、慌てる彼の姿が見られないことをちょっぴり残念に思う私は悪い女だろうか。だって、永恋ちゃんに振り回される東條さん、かわいかったんだもん。

けれどそのかわり、彼にはずいぶんと笑顔が増えたように思う。

あの日から「ありがとう」をちゃんと口にするようになった東條さんは、そのたびにやわらかな笑みを浮かべる。それがうれしくてたまらないと自覚したとき、私は完全に絶滅したと思っていた彼への恋心が実は奥底でくすぶっていて、息を吹き返したのを感じた。


そんなある土曜日のこと。

午後から東條さんのマンションへやって来た私は、玄関が開き出迎えてくれた彼の姿を見て硬直した。

「よく来てくれた。上がってくれ」

そう言う彼はエプロンを身につけ、おんぶ紐《ひも》で永恋ちゃんを背負い、手にはお玉を持っている。

東條さんといえば、いつだってファッションを黒で統一していて、クールでスタイリッシュなイメージだ。

家庭的すぎる今の彼の姿はギャップが大きくて、私はしばらく唖然とし立ち尽くしてしまった。けれど。

「最上さんが好きだと言ってたロールキャベツを作っていたんだ。きみは謝礼やお礼の品は頑として受け取ってくれないからな。だからせめて、好きなものでも食べてもらおうと思って……。胡麻プリンも作ったぞ」

まさか、私を喜ばせようと好物を作って待ってくれていたとは。

こんなお母さんみたいなもてなしをしてくれる人を、ほんの数日前まで冷酷で人間味がないと思っていた自分がなんだか信じられない。

「うれしいです！　ありがたくいただきます！」

今やベビーガードとやわらかでカラフルなクッションに囲まれアットホームな雰囲気に変貌した部屋で、私は東條さん力作の手料理を食べた。

センスのいい人は料理もうまいとよく言うけれど、東條さんの料理の美味なこと！丁寧に煮込まれたロールキャベツは、外側のキャベツがトロトロで、豆腐を混ぜ込んだという中のお肉はふわふわの絶品。おいしさのあまり、私は無言のまま夢中で目の前のお皿を空っぽにしてしまうほどだった。

「はぁ……、めちゃくちゃおいしかったです。東條さん天才……」

パンも付け合わせのサラダもデザートの胡麻プリンも綺麗に食べ尽くして恍惚としていると、東條さんはこちらをジッと見つめた後、小さく肩を揺らして笑いだした。

そしてポケットからヒヨコの絵がついたガーゼを出すと、それを持ってこちらに手を伸ばす。

「口の周りについているぞ。まるで永恋だな」

ガーゼで拭われ、私は自分が口の端にトマトソースをつけていたことにようやく気がついた。

その瞬間、あまりの恥ずかしさで顔が火を噴いたように熱くなる。

「す、すすすみません……」

好きな人の前で子供みたいな食べ方をしてしまったことにも、ましてやそれを彼に拭われたことにも(しかも永恋ちゃんのガーゼで!)、みっともなさすぎて羞恥のメーターが振りきれそうだった。

赤くなった顔を隠すようにうつむくと、「あ……」と小さく東條さんの声が聞こえた。

「すまない、けっして嘲笑ったわけではないんだ。その……きみのそういう無邪気な一面を知れてうれしかったというか……」

顔を上げて見ると、東條さんは口ごもりながらも一生懸命に言葉を探してくれていた。そして私と目が合うとカァッと頬を赤くし、顔を背けてから言う。

「……最上さんがかわいくて、つい子供扱いしてしまった。不快だったなら申し訳ない」

こ……これはどういう反応なのだろう。

顔を真っ赤にしながら『かわいい』と告げた東條さんの心を測って、私までますます顔が熱くなっていく。

「お、お気になさらず。不快じゃなく、ちょっと恥ずかしかっただけですから」

私も誤解されないよう言葉を足せば、背けていた顔を再びこちらに向け東條さんは微かに口角を上げる。その瞬間、お互いの視線がまっすぐ絡み合い私の心臓が大きく音をたてた。

東條さんもなにかを感じ取ったのか、顔から笑みを返す。ふたりにまとう雰囲気が変わり、鼓動が加速を始めたときだった。

「——がっ⁉」

「東條さんっ⁉」

ベビーサークルで遊んでいた永恋ちゃんの振り回していたラッパがすっぽ抜け、見事に東條さんのこめかみにヒットした。

「だ、大丈夫ですか？」

こめかみを押さえ痛みに耐えている東條さんに駆け寄ると、彼は片手をこちらに向けて「軽症だ、心配ない」と何度かうなずいた。

そんな私たちを見て永恋ちゃんがキャッキャと声をあげて笑っている。

「私たちだけでしゃべってたから、仲間に入れてほしかったのかもしれませんね。永恋ちゃん、ごめんね～」

そう言ってベビーサークルに寄っていった私は、永恋ちゃんがこちらに向かって手を伸ばした後サークルの柵を掴み、そのまま立ち上がろうとしたことに目をむいた。

「つ、掴まり立ち！　東條さん大変！　早く動画撮って撮って！」

「なに⁉　ほ、本当だ……！　スマホ、スマホはどこだ！」

初めての掴まり立ちに挑戦する永恋ちゃんに私たちは釘付けになった。さっきまでのときめきと緊張感あふれるムードはどこへやらである。

「がんばれ、がんばれ！　あとちょっと！」

「すごいぞ永恋！　きみは今、後ろ足で立つという霊長類の進化の軌跡を体現している！」

そうして大人たちの暑苦しい声援を浴びながら永恋ちゃんは生まれて初めての掴まり立ちを成功させ、私と東條さんは感激と興奮で「やったー！」と手を打ち合って喜んだのだった。

それから、私の毎日は以前よりさらに充実したものになった。

仕事は相変わらず忙しいけれど順調だし、なにより……かなうかもしれない恋の予感に、私の足取りは隠しようもないほど弾んでいる。

実はこの最上和花、恥ずかしながら年齢イコール恋人いない歴なのだ。

リア充だらけの広告業界ではそんな自分が珍獣のように思えて今までひた隠しにしていたけれど、私もついに恋の喜びを知ることができるかもしれないのだ。

（あの態度は脈アリって思ってもいいよね？　だってあの東條さんが『かわいい』って！　『かわいい』って言ったんだし！）

冷血人間の誤解が解けた今では、東條さんは私にとってやっぱり高嶺《たかね》の花だ。仕事ができてイケメンでセンスもよくって。

そんな素敵な人と恋が実る可能性があるかもと思うと、通勤中でも仕事中でも顔が勝手にニヤけそうになるほどだった。

そんな浮かれに浮かれていたある日。通りかかったリフレッシュスペースの一角が、やけに盛り上がっていることに気づいた。

「かわいい～！　東條さんに口もとが似てますね！」

「表情豊かですね。今何ヶ月ですか？」

「もうすぐ九ヶ月になる。お気に入りのラッパを吹いてやるとよく笑うんだ」

聞こえてきた会話の内容と声に、ドキリとする。

そっと近づいてみると、そこには女子社員に囲まれスマートフォンで永恋ちゃんの写真を見せる東條さんがいた。

表情や言葉遣いがやわらかくなったせいか、最近の東條さんは仕事以外でも人と話していることが多くなった。それはとてもよいことのはずなのに……女性に笑みを向けている彼の姿が、ギュッと私の胸を締めつける。

（永恋ちゃんの写真、見せてるんだ……）

東條さんは別に永恋ちゃんのことを隠しているわけではない。だから社内でもその話をしていたっておかしくはないのだけれど……。

彼とふたりだけで共有していた幸せな時間が他人のものになっていくようで、胸がモヤモヤする私はどれだけ心が狭いんだと我ながらあきれる。

これ以上自分の嫌な部分を見たくなくて、そこから立ち去ろうと踵を返したとき。

「ひとりで面倒見てるんじゃ大変ですね。よかったら私、お手伝いにいきましょうか？」

背後から、女性の声でそんな言葉が聞こえた。

足早にリフレッシュスペースから去りながら、私は自嘲気味に口角を上げる。

ハイスペックな東條さんが今までモテなかったのは、人間味のない言葉や乏しい感情表現が誤解されていたからだ。それが解消されつつある今、彼に好意を寄せる女性が出てきたっておかしくはない。――私だって、そのひとりなのだから。

（……別に。私じゃなくったっていいんだよね。永恋ちゃんのお世話のお手伝いする人は）

そんなあたり前のことに気づいて急に虚しくなる。

あの日、会社に残っていたのがたまたま私だけだったから。だから東條さんは助けを求めただけで、私だから――最上和花だから選ばれたわけではないんだ。

（『かわいい』って言われたくらいで、勘違いしてたかも。東條さんは言葉の選び方が不器用だから、深い意味もなく使ったかもしれないのに。……私、恥ずかしい。勝手に浮かれてうぬぼれてた）

恋愛に不慣れな自分が急に情けなくなって、いたたまれない。

私はロッカーに向かい自分の荷物をまとめると、製作会社に打ち合わせにいくため予定より三十分も早く会社を出た。

それから一週間が経ったある日のことだった。

午後六時。ＣＭ撮りのスタジオから帰ってきた私は、いつもの〝残業席〟に陣取ってパソコンを開く。すると起動を待つ私の隣に、人影が立った。

「……東條さん」

椅子に座ったまま見上げ目に映った姿に、一瞬ドキリと胸が跳ねた。

「今日も残業か？」

「はい。たまってる見積書、明日までに出さないと経理に怒られるんで」

なんとなく彼の目が見られなくて、顔を背けてしまった。

あれから私は仕事のこと以外、ほとんど東條さんと言葉を交わしていない。忙しいのを理由に、彼のマンションにも行っていなかった。

「……そうか。体を壊さないようにな」

そう言って東條さんは、デスクに紙パックの胡麻豆乳をそっと置いた。その差し入れに、私の胸が痛いほど切なく疼く。

(知ってたんだ……私がいつもこれ飲んでること)

以前、ロールキャベツと胡麻プリンを彼が作ってくれたことを思い出す。まだあれから二週間も経っていないのに、すごく遠い日のことのような気がした。

「どうも……ありがとうございます」

お礼を言うと東條さんは「ああ」と短く言って背を向け、三歩ほど歩いてから足を止めた。

そして少し考えるように腕を組んで固まると、いきなり振り返って足早に私の前まで戻ってきた。

「え、永恋が寂しがっているんだ」

「へ？」

「きみが忙しいのはわかっている。無理を強いるつもりも、きみの業務やプライベートを邪魔するつもりもない。そもそも俺にそんな権利はない。けど……もし、余裕ができたなら……また永恋に会いにきてやってくれないか？」

思いも寄らなかった申し出をされて、私は目を大きく見開く。

東條さんに来てほしいと言われて一瞬顔が綻びそうになったけれど、あの日の光景がすぐに頭によぎって私は情けない苦笑を浮かべた。

「わ、私じゃなくても、東條さんのお手伝いをしたい人はほかにいっぱいいるんじゃないですか？」

あまりにかわいくない台詞に、我ながら内心ガッカリする。私ってこんなに卑屈だったっけ。

東條さんはあきらかに困惑した表情を浮かべた。それから眉根を寄せると少しだけ不機嫌そうな顔になり、口を開いた。

「俺はきみに依頼しているのだが、どうしてほかの者が出てくるんだ？」

そう言ってから彼はハッとしたように口もとを片手で覆い、気まずそうに声のトーンを落とした。

「……すまない。俺の勝手な依頼なのに、責めるような言い方をしてしまった。謝罪す……ごめん」

もとはといえばこちらの言い方が悪かったのに謝られてしまって、私も気まずさからどう繕えばいいかわからなくなる。

ふたりの間に沈黙が流れる。ここはパーティションで仕切られているせいか、ふたりきりの空間のようで、なんだか気まずさが余計に募る気がした。

そんななんともいえない空気を先に払拭したのは、東條さんのほうだった。

「俺の勘違いだったら申し訳ないのだが……もし……。もし、ここ最近きみが俺に対してなにか憤っているのなら、理由を教えてほしい。俺に非があるのなら反省し、改善したいと思うが……伝えてもらわなければ、きみの気持ちがわからない」

彼は気づいていた。私が余裕のあるときでもマンションに行かなくなり、こちらからメッセージも送らなくなっていたことに。

素直な気持ちで告げられた彼の言葉に、私は自分のずるさを突きつけられたみたいで泣きたくなる。

伝える大切さを東條さんに説いておきながら、決定的に傷つくのが怖くて自分の気持ちを伝えないまま逃げていた私は……本当にずるくて情けない。

「……怒ってないです。東條さんはなにも悪くありません。ただ……私が勝手にいじけてただけなんです」

泣いてしまわないようにうつむいて言うと、「いじけていた?」と不思議そうに東條さんが尋ねた。

「ほかの人が永恋ちゃんのお世話しにいきたいって話してるの聞いて……別に私じゃなくてもいいのかなって……なんだか寂しい気持ちになっちゃって……」

自分で言っていてほとほと情けなくなってくる。恋愛経験値の低さがもろに余裕のなさにつながっていて恥ずかしい。

すると。

「きみがいいんだ。俺はきみ以外の赤の他人を部屋に入れるつもりも、永恋に触らせるつもりもない」

驚くほどきっぱりと、東條さんが言いきった。

あまりに間髪入れずに言われたものだから、私は目に込み上げてきた涙を拭くのも忘れて顔を上げる。

「なぜそんな気持ちを抱く？　俺は最初から最上さんにしか頼んでいないし、頼むつもりもなかった。今もそうだ。ほかの者に協力の申し出をされようとも、頼むつもりはいっさいない」

東條さんの口調はいつもより強く、苛立っている……というより、なにかもどかしさにじれているようだった。

「きみが健気なほど努力家ということも、笑顔で現場の空気をよくしようと努めていることも、横暴なオーダーをされても不満ひとつこぼさないことも、俺は知っている。それから、今回の子育て支援の案件を任されたときに『子供が好きだから、子育てをする人の力になりたい』と張りきっていたことも。そんな最上さんだから俺は……力を貸してほしいと思ったんだ。妹に永恋を押しつけられて途方に暮れていたとき、きみの顔が浮かんだ。きみの顔しか浮かばなかった。……きみにとっては迷惑かもしれなかったけれど、俺はきみがよかったんだ」

その言葉を聞きながら、私はあの日を思い出す。東條さんが『俺と育児をしてほしい』と頼みにきた、あの夜。

廊下から聞こえた足音は、一目散に私のいる場所へとやって来た。このフリーアドレスの社内から探すことなく、私の残業指定席のこの席に。

自分の顔が赤く染まっていくのを感じる。きっと、耳まで真っ赤だ。

だって、知らなかった。全然気がつかなかった。東條さんがそんなふうに私を見ていただなんて。

「そ、それって、その……あの」

確信を持ってしまっていいのだろうか。うぬぼれじゃないのかな。こんなとき、恋愛経験のなさを痛感して歯がゆい。

「それって……つ、つまり……」

決定的な言葉が欲しくて私がモゴモゴとしていたときだった。デスクに置いていたスマートフォンが電話のコール音を響かせ、慌ててそれを手に取った。

「は、はい。最上です。……え？　……わ、わかりました。申し訳ございません」

よりによって電話はクライアントから。明日使う予定のセールスプロモーションの宣材に、不備があったとの連絡だ。

「はい、すぐに向かいます。はい、失礼いたします」

電話の向こうの相手にペコペコと頭を下げながら、私はデスクの上の荷物を片づけていく。見積書のまとめは現場から帰ってからやるしかないなと、終電までに片がつくことを祈りながら。

「今から出るのか？」

電話を切った私に、東條さんが少し心配そうに言った。

「はい。クライアントがカンカンなので。とりあえず現場行ってきます」

冷静を装いながらも、心の中では「どうしてよりによって人生で初めて恋がかなそうなときに、現場急行のトラブルが起きるかなあ⁉」と悔しくて地団駄を踏む。

「あまり無理をするな。睡眠時間は確保するんだぞ」

ロッカーからバッグを引っ張り出し慌ただしく駆けていこうとする私の背に、東條さんがそう声をかけた。

私は足を止め振り向くと、「あの……っ、また行きますから！　永恋ちゃんのお世話、手伝わせてください！」と勢いよく頭を下げてから、踵を返し廊下へ駆けていった。

その週の土曜日。

私は緊張とうれしさの混じった胸の高鳴りを抱えて、久しぶりに東條さんのマンションへと向かっていた。

彼の口から決定的な恋慕の告白はなかったけれど、私に対して特別な想いがあったことは伝わった。だから今度は、私が気持ちを伝える番だと思っている。

つまり……この恋心を、今日打ち明けようと。

人生で初めての告白だ。緊張しないわけがない。でも、きっとうまくいくと思えるのは永恋ちゃんがいるからだ。

永恋ちゃんのおかげで私と東條さんは急接近したのだ。いわば彼女は私にとって縁結びのキューピッドといえる。

「うまくいきますように、キューピッド様……!」

私は永恋ちゃんに買ってきたゾウのぬいぐるみを胸に抱きしめて、恋の成就を祈る。

そして深呼吸をしてから、目の前までやって来た見慣れたマンションへと足を進めた。

——ところが。

マンションのエントランス前まできた私は、驚くべき光景に目を見張る。

そこには東條さんと並んで若々しいショートパンツ姿の美人が、永恋ちゃんを抱っこして歩いていたのだから。

彼がベビーカーや大きなバッグを持っているのを見て、瞬時にこの美人が誰で、なにをしにきたのかを悟る。「あ……」と小さくつぶやいて呆然としていた私を東條さんが見つけ、すぐにこちらに足を向けた。

「最上さん……！　来てくれたのか。よかった、永恋が行く前に会ってもらえて」

その言葉に、（ああ、やっぱり）と心が寂しさに覆われた。

「たった今、妹が連絡もなしに永恋を迎えにきたんだ。仕事に目処がついて、スイスに帰れるらしい。永恋が行く前にきみに連絡をしようと思ったんだが、急いでいると言うのであきらめかけていたんだが……来てくれてよかった」

やっぱり、永恋ちゃんを抱っこしていた美人は東條さんの妹さんだった。彼女は東條さんの隣に並ぶと彼によく似た切れ長の目でにっこり笑って「あなたが最上さん？」と尋ねてきた。

「お兄ちゃんから聞いたわ、永恋の面倒を見てくれたって。どうもありがとうね！　お兄ちゃんひとりじゃちょっと心配だったから、最上さんがいてくれてよかったわ。うちのお兄ちゃん、真面目だけど想定外のことに弱いから。子供のときも……」

ものすごくフレンドリーに話し始めた妹さんを前に、なるほど、噂にたがわぬ真逆な兄妹だと密かに感心した。

妹さんは饒舌《じょうぜつ》におしゃべりを続けようとしたけれど、マンション前の道路に停まっていたタクシーの運転手が軽くクラクションを鳴らしたので、「あ、いけない。車待たせてたんだ」と我を取り戻した。

そしてもう一度私に向かって「本当にどうもありがとう」と頭を下げる。

私は「どういたしまして」と返してから手を伸ばし、妹さんに抱かれている永恋ちゃんの頬を軽く突っついた。

「……元気でね、永恋ちゃん」

ご機嫌そうに笑う永恋ちゃんの姿が、指に伝わるプニプニの頬の感触が、かわいくて愛おしくて涙が出そうになる。

妹さんは「スイスに行っても時々永恋の写真を送るね」と言って、何度も振り返って手を振りながらタクシーに乗っていった。

荷物をトランクに積み込んだ東條さんと一緒に、私はタクシーが遠ざかっていくのを見送った。タクシーが小さくなり、角を曲がって見えなくなっても、ずっと。

（永恋ちゃん……お母さんと幸せにね）

彼女と過ごしたこの二ヶ月の出来事が、頭の中を駆け巡る。

込み上げてくる涙を抑えきれず鼻をすすると、隣に立っていた東條さんが私の肩をそっと抱き寄せた。

「……こんないきなりの別れになってしまって、ごめん。でも、最後に永恋をきみと会わせてあげられてよかった。それから……今日まで本当にどうもありがとう」

「私こそ……永恋ちゃんのお世話ができて楽しかったです。私を頼ってくれて、どうもありがとうございました」

私はあふれる涙を子供のように手で拭い続ける。

もう片方の手で、永恋ちゃんに渡せなかったぬいぐるみの袋を胸に抱きしめながら。

——告白はできなかった。

永恋ちゃんが突然帰ってしまった喪失感は私にも、きっと東條さんにもとても大きくて。その日は東條さんのお部屋でお茶を一杯だけいただいて、気持ちを落ち着けてから帰った。

そして永恋ちゃんがいなくなれば、私が彼の部屋へ行く理由もなくなったわけで。

気がつくと私と東條さんは仕事以外の交流のないまま、二週間が経とうとしていた。

(なんだか……過ぎちゃったら夢みたいだったな。東條さんと永恋ちゃんと三人で過

ごしたのが）

金曜日の午前じゃない十時半。私はいつものようにいつもの席で残業していた。

取引先へのメールを送る合間に手を止め、スマートフォンのフォルダから動画を再生させる。

耳に刺したイヤフォンから賑やかな声が聞こえだし、私はひとりでこっそり頬をゆるめた。

それは以前、永恋ちゃんが初めて掴まり立ちしたときの動画。東條さんが撮ったものをあとで送ってもらったのだ。

画面には一生懸命立ち上がろうとする永恋ちゃんが映し出され、イヤフォンからは私と東條さんのやかましい応援の声が聞こえる。

『やった！　永恋すごいぞ！』という彼の興奮した声と共に画面の中の永恋ちゃんがにっこりと笑い、私は胸がジンと熱くなる。もう何十回と見ている動画なのに、この瞬間の感動が色あせることはない。

「……楽しかったなあ」

小さく独り言《ご》ちて、天井を仰ぎ深く息を吐く。気がつけば周りには誰もいなくなり、どうやらこのフロアに残っているのは私ひとりだけになっていた。

相変わらず仕事は山積み。愛想と腰の低さでなんとか乗りきっているけれど、やっぱり私は仕事を器用にこなせるタイプではないようだ。

そしてそれは恋愛も同じ。東條さんに告白しようと意気込んでいた気持ちは、永恋ちゃんというふたりにとってのつながりがなくなってしまったことで、すっかり息を潜めてしまった。

(東條さんにとって今の私って価値があるのかな……)

そんな弱気な思いにとらわれて、彼に近づく勇気がますますしぼんでいく。

けれど、それでも。

(……会いたいな、ふたりきりで。また一緒に食事をしたり、おしゃべりしたり、東條さんのいろいろな顔が見たい)

そんなふうに胸が切なく疼くような、彼への想いは健在だった。

もう一度大きく息を吐き出した私は椅子に座ったまま大きく伸びをし、最後に残った連絡メールを手早く打ち込んでからパソコンの電源を落とす。

「もう帰ろうっと。どうせ明日は暇だし、企画書は家で作ってこよっと」

虚しい独り言をつぶやきながらデスクの上を片づけていたときだった。

ふいに廊下から足音が聞こえ、それは迷うことなくこちらへ向かってくる。そしてドアが開き、足音の主は脇目も振らず私の前までやって来た。

「と、東條さん……？」

それは、とっくに帰ったはずの東條さんだった。

いきなりやって来て真剣な顔で私の顔を見つめる彼の姿に、なんだかデジャヴを感じる。

「どうしたんですか？　もう帰ったんじゃ……」

私が言い終わる前に、東條さんはこちらに向かってまっすぐ頭を下げて告げた。

「お、俺と育児をしてほしい！」

「幻聴かな？」

あまりにも永恋ちゃんがいた頃を懐かしんでいたせいで、ついに過去の幻聴が聞こえるようになったかと思い、私は小首をかしげる。

すると東條さんは「幻聴じゃない！」と叫んでから、私になにかを手渡した。

「あ、これ……」

それは、永恋ちゃんに渡せなかったぬいぐるみ。そういえばあの日、東條さんの部屋でお茶を飲んだ後そのまま忘れてきてしまったのだった。

私にぬいぐるみを手渡した東條さんは、二度咳払いをしてから視線を向ける。頬をほんのりと赤く染めて。

「きみが好きだ。だから、その……今度はきみとの子供を一緒に育てられたらいいと個人的に所望していて……もしきみもその希望を共有してくれたら、うれしく思うというか……」

だんだんと言葉を詰まらせていった東條さんは、ついに真っ赤な顔を隠すように私に背を向けてしまった。

「く……っ、一週間も悩んで考えたのにどうしてうまく伝えられないんだ、俺は……！」

恥ずかしそうに、もどかしそうに嘆いたその言葉を聞いて、私の頬がみるみるゆるんでいく。

途端になんだか楽しくなってきて、私は笑い声をあげながら椅子から立ち上がった。

そして。

「伝わりましたよ、ちゃんと。東條さんの気持ち百パーセント伝わりました」

目を丸くして振り返った東條さんの腕を掴み、つま先立ちをして唇を重ねた。

「私の気持ちも伝わりましたか？」

はにかんでそう聞けば、彼は一瞬唖然としたのちにやわらかく微笑んでうなずいた。

「……そうか。こんな気持ちの伝え方もあるんだな……」

大きな手が私の頬を包み、今度は東條さんのほうから唇を重ねる。堅実な性格からは想像もつかないほど甘く情熱的なキスに、私は胸をドキドキさせながら（――東條さんって、言葉より行動のほうが気持ちを伝えるのが上手だな）なんて感じた。

唇を離した東條さんはとろけそうなほど熱い眼差《まなざ》しでしばらく私を見つめていたけれど、やがてハッとすると慌てたように言葉を付け足した。

「きみとの子供を育てたいというのは、今すぐではなく将来的にという意味で、けっしてきみのキャリアを妨害するような意味では……」

そんな東條さんの姿にクスッと笑いを漏らして、私は彼の手を取って言う。

「わかってます。まずは子供を育てるより愛を育てることが先決ですから」

夜の会社でふたりきり、幸福な笑みを交わす私たちはまだ知らない。

翌月、例の組合の企画が見事コンペを勝ち取り、東條さんの考えた『Shall we parenting?（一緒に育児をしませんか?）』というキャッチコピーの広告が、全国に展開されることを。

END

エリート外科医は
独占欲が強いパパでした

藍里まめ

Aisare mama

Anthology

九月下旬。猛暑の夏が終わり、やっと屋外で過ごしやすい気温となった。

電車の駅前にある大きな公園の時計は、九時半を指している。

通勤通学に公園を通り抜ける人が減り、代わりに幼児を連れた母親が噴水を見せたり、しゃぼん玉で遊んであげたりしていた。

そんな長閑《のどか》な朝に、私、高森葵《たかもりあおい》は、噴水の前のベンチに座って至福のひと時を過ごしている。ポカポカ陽気なので、上着はいらない。七分袖のニットとミディアム丈のタックスカートにスニーカーというラフな装いで、ミステリー小説の文庫本を開いている。

読書のお供には、近くのドーナツ店で買ったアップルシナモンドーナツと抹茶ラテ。

優しい風に肩までの黒髪がそよぐ。

ああ、幸せ。夜勤明けのこの時間がたまらないのよね……。

都内の総合病院で看護師として勤務している私は、夜勤を終えての帰路の途中である。天気がよければ、こうしてベンチに座って、ひと休みするのが好きなのだ。

目の前を急ぎ足で駅に向かうスーツ姿のサラリーマンを眺めて、ニンマリする。

これから仕事なんだね。私はもう終わったよ。ご苦労様です……。

夜通し勤務していたのだから当然なのだが、平日の朝からのんびりできることに小さな優越感を覚えていた。

大好物のアップルシナモンドーナツを食べ終えて、冷たい抹茶ラテで喉を潤す。

目の前の大きな円形の噴水から、水が勢いよく噴き出すたびに、キャッキャと歓声をあげている幼児が数人いた。

その可愛らしさに頬を緩めつつ、ミステリー小説の続きに戻る。

銭湯から脱衣かご五つを盗んだ犯人は、はたして誰なのか。

登場人物の中の女子高生ミヨちゃんが怪しいと思いつつ、本の世界に浸っていると……突然、衝撃を感じて「わっ！」と声をあげた。

私の両足に、見知らぬ幼児が飛びついてきたのだ。

「ええっ⁉」

なぜか満面の笑みを浮かべて私を見上げるのは男の子で、二～三歳くらいに見える。

この子の親はどこだろうと周囲を見回していたら、その子が全身を使ってベンチによじ登ってきた。

さらには私の膝の上に座り、「おかあしゃん！」と無垢な笑顔で私を呼ぶと、薄地のニットの胸元に顔を埋め、柔《うず》らかな感触を楽しむかのように頬ずりしている。

お母さんと間違えたようだけど……え、なんで⁉

戸惑いながらも、「僕のお母さんはどこへ行ったのかなー？」と優しく問いかけていたら、ひとりの男性が噴水の裏側から慌てた様子で駆けてきた。

「すみません！　陸《りく》、お姉さんの膝から下りるんだ」

「いやー！　おかあしゃんと一緒にいるー！」

「その人はお母さんじゃないんだよ。ほら、こっちにきて」

父親と思《おぼ》しきその男性は、鞄をレンガ敷きの地面に置くと、子供を私から引きはがすように抱き上げた。

陸と呼ばれた男の子は、嫌がって暴れ、男性は困り顔で手を焼いている様子。

彼は三十代後半くらいに見え、やけに見目好《よ》い顔立ちをしていた。

斜めにサラリと流された前髪の下には、凛々しい眉と涼やかな二重の瞳。形のよい唇には大人の男の色気があり、百八十センチを超えていそうな高身長である。

暑いのか、長袖のボタンダウンシャツの袖を肘まで折り返していて、細身ながらも逞しそうな腕が覗いていた。

ナチュラルに整えられている短い黒髪を陸くんにグシャグシャにされ、「コラ、やめなさい！」と叱る声は、少し低めで聞き心地がいい。

素敵な男性が、幼児の行動にタジタジになっているのを見て、私は思わず吹き出した。

ふたりの視線が同時に私に向いたので、笑いながら言う。

「私、ここで暇潰ししていただけなので、よかったら抱っこしますよ。陸くんというんですか？　元気一杯で可愛いですね」

それでも父親は、迷惑なのではないかと迷っている様子であったが、陸くんが喜んで私に両手を伸ばす。

「おとうしゃん、いや。おかあしゃんがいい！」

未婚の二十六歳で、彼氏さえいない私でも、〝魔のイヤイヤ期〟というのは聞いたことがある。ちょうどこのくらいの月齢の子は自我の芽生えで、なんでも嫌だと言うものらしい。

小さなため息をついた父親は、陸くんに根負けした様子で、「すみません。少し抱いてくれたら、きっと満足すると思うので、お願いします」と私に言った。そして汚さないようにと気遣ってか、子供靴を脱がせてから、私の膝に座らせた。

願いが叶った陸くんは、大喜びで私に抱きつき、遠慮なく胸に顔を埋めてくる。

幼児なら、そんな仕草も愛らしく、どうぞ触ってという気持ちになれるのは、子供を産んでいない私にも母性があるからなのだろう。

「可愛い！」と陸くんを抱きしめつつ、「隣に座りませんか？」と父親に声をかける。

「ありがとう。失礼します」と律儀な返事をした彼は、右隣に腰を下ろした。

「先ほどは仕事の電話がかかってきて、つい陸から目を離してしまったんです。ご迷惑をおかけして申し訳ない。以後、気をつけます」と自主的に反省し始めた彼に、私はクスリと笑う。

真面目な人みたい。見た目よし、性格よし、おまけに育《いく》メンなんて最高じゃない。

奥さんが羨ましいな……。

彼の奥さんがどういう女性なのかと、私は勝手に想像する。

こんなに素敵な男性を射止めた人なら、才色兼備の素晴らしい女性に違いない。

陸くんも目鼻立ちがハッキリして、子供ながらになかなかの美形であるから、母親も美女なのだろう。

そして陸くんが、私を母親と間違えたということは……子供の目には、私も美女に映っているのかな？

今まで誰からも美女扱いされたことはなく、丸い鼻と奥二重の瞳を持つ、なんの特徴もない平凡な容姿である。百五十五センチの中肉で、体型にも特記すべきことはない。

自分を綺麗だと思ったことはないけれど、子供は正直だし、私も見ようによっては美人なのかも……！

そう思ったら嬉しくなり、ニンマリしながら確認のために聞いてみた。

「陸くんが私をお母さんと呼びましたよね。もしかして私、奥さんに似ていますか？」

すると父親は、凛々しい眉を微かに寄せて、困り顔をする。「妻は……いません。私と陸のふたり家族です」と言いにくそうに、目を逸らして答えてくれた。

軽い気持ちで聞いてしまったが、もしやマズイ質問だったのでは……と察し、私は慌てて話題を変えようとする。

「そ、そうなんですか。ええと、その、今日はお散歩日和《びより》ですよね。私は仕事帰りなんですけど、ここのベンチに座ってまったりするのが好きで――」

彼にとってはなんの興味もない話題だとわかっていながらも、先ほどの質問をごまかすために、ペラペラと自分のことを話していた。

そうしながら、心には同情の波が押し寄せている。

もしかして陸くんの母親は、事故か病気で亡き人になってしまったのだろうか……。

それとも、出産時に危険な状態になり、夫の彼は、妻か子供かの命の選択を迫られたのかもしれない。

きっと奥さんは、もしもの場合は子供の命を助けてほしいとお願いしていたんじゃないかな。

それで彼は、泣く泣く妻を諦めて、シングルファザーに……。

勝手に想像したことに、私の涙腺が緩んでくる。

私は昔から悲話に弱く、特に子供が不幸な境遇にあるドラマや映画は、涙が止まらなくなるから観ないようにしている。

三年制の看護学校を卒業し、今勤めている総合病院の採用試験を受けた時には、小児科を希望しようか迷っていた。けれども、必死に病気と闘う小さな子供たちを看護していたら、毎日胸が痛くて、私の心が壊れてしまう恐れがあるため諦めた。

それで消化器外科を選び、そこに勤めて五年目の看護師である。

「どうしました⁉」とシングルファザーの彼を驚かせてしまったのは、私の目に溜まった涙が、ついに溢れて頬を伝ったためであろう。

陸くんも「痛いの？」と心配してくれて、慌てて手の甲で涙を拭い、言い訳を探す。

「違うんです。ええと、大好物のドーナツを食べ切ってしまったから、残念で……」

「ドーナツ、ですか？」

話題を変えるためにペラペラと語っていた自分の話が、ちょうどアップルシナモンドーナツが好物であるという説明に差し掛かっていたため、とっさについた嘘である。

しかしながら、泣くほどの理由になるはずがなく、彼をキョトンとさせてしまった。

陸くんは、「どーなちゅ。陸はねー、チョコがいい」となにも疑問に思わずに笑ってくれて、その天使の笑顔に私の胸は熱くなった。

お母さんと死に別れても、こんなに無邪気に笑えるのは、きっと父親が愛情をたっぷり注いでいるからに違いない。

お父さんも、陸くんも……感動するほどに健気《けなげ》！

同情しやすく、思い込みが少々強いのが私の性格である。

涙がまた溢れそうになって困っていたら、彼がポケットから水色のハンカチを取り出して、私の手に握らせてくれた。それから視線を公園の時計に向け、立ち上がった。

「そろそろ保育園に連れて行かなければならないので、これで失礼します。陸を甘えさせてくれて、ありがとう」

優しく微笑《ほほえ》む彼が眩しいほどにイケメンで、私の胸がキュンと鳴る。

「やだー！　おかあしゃんと一緒にあしょぶー！」と陸くんが駄々をこねたが、これから父親は出勤なのだそうで、私の膝から息子を抱き上げた。

右腕一本で暴れる陸くんを抱き、左手には自身の通勤鞄と通園用リュックを持って、なかなか大変そうである。「それじゃあ」と素敵に笑いかけてくれてから、彼は私に背を向けて駅の方向へと歩き出す。

ハッとして立ち上がった私は、「あの、ハンカチは？」と声をかけた。

肩越しに振り向いたその顔も、爽やかで素敵だ。

「差し上げます」と言った彼は、もう振り向くことはなく、急ぎ足で公園を抜ける。

親子の姿はすぐに見えなくなり、「おかあしゃーん！」と叫ぶ陸くんの声も完全に聞こえなくなった。

手元に視線を落とした私は、目を瞬かせてポツリと呟く。

「ハンカチもらっちゃった。高級ブランドのロゴがついてるけど、いいのかな……」

まだ少し潤んでいる瞳を拭かせてもらうと、爽やかで優しい洗濯洗剤の香りがした。

それから数日が過ぎた金曜日。

私は自宅で、慌ただしく出勤の支度をしていた。

時間がないから、メイクはファンデーションと口紅のみ。

常に開けっぱなしの自室のクローゼットの中から、レモンイエローのチュニックとグレーのパーカー、白いパンツを適当に選び出して、急いで着替える。脱いだパジャマは丸めてベッドの上に放り投げ、物が散乱している床から出勤用のショルダーバッグを掴むと、ドアを開けて廊下へ飛び出した。

腕時計を見て、「ヤバ、八時五分。ギリギリだよ」と独り言を呟いた後に、リビングのドアに振り向き、「行ってきます！」と声を張り上げる。

ここは両親と三人で暮らす3LDKのマンションである。

勤務先が電車でふた駅と近いこともあり、独り暮らしを始めるきっかけを見つけられないまま、ズルズルと親の脛《すね》をかじっている。とは言っても、食事や光熱費として毎月五万円を親に支払っていて、全てにおいて依存しているわけではないと主張したい。

玄関でスニーカーをつっかけていると、リビングからエプロン姿の母が現れ、スリッパをパタパタ鳴らして駆けてきた。

「葵、忘れ物だよ！」と私の財布を渡してくれた母は、呆れ顔である。

「あ、ごめん、ありがと。そうだお母さん、スマホ用のイヤホン知らない？　あれ、結構高いやつなのに、この間から見つからないんだ」

「知らないよ。部屋を片付けないから、すぐなくすんだよ。二十六歳の女性の部屋じゃないもの。そんなんだから彼氏もできないし、だいたいあんたは日頃から——」

母のお叱りはもっともだが、実家暮らしだと友達を家に呼ぶことがなく、誰に見られることもない。その油断から掃除する気になれず、だらしない女が完成したのである。

彼氏ができれば、実家を出て独り暮らしをしたくなるのかもしれないけど、十九歳の時に交際相手と別れて以来、恋の気配はさっぱり訪れない。

母は説教を続けているが、電車の時間が迫っているため、聞いていられなかった。

「あー、ほら、お父さんが食卓からおかわりって呼んでるよ。行ってきます！」

玄関ドアを開けた私は、マンションの通路に飛び出して、エレベーターへと走る。

このマンションは二十五階建てで、ここは十六階。エレベーターは横並びに二基設置されているが、出勤時間帯は混み合って、すぐにこの階に呼べないのが難点である。

一階から上昇したエレベーターは十六階を素通りして、二十階へ。

『早く』と心の中で急《せ》かして待っていたら、やっとこの階に下りてきて、扉を開けた。

この時間帯には珍しく、中にはひとり、いや、大人と子供のふたりしか乗っていない……と思った直後に、私は「あっ！」と声をあげた。

「おかあしゃん！」

数日前に公園で出会った親子が、手を繋いで並んで立っているのである。

驚きつつも、エレベーターに乗り込んだ私に、陸くんが嬉しそうに両腕を広げて抱っこをせがんできたので、つい抱き上げてしまった。

「すみません」と申し訳なさそうに言うイケメンの父親は、「ここに住んでいたのですね」と眉を上げて驚いたように聞く。

両親と暮らしていることを笑顔で話しつつ、今日はスーツ姿の彼に見惚《みほ》れてしまう。

高級スーツをこんなにも華麗に着こなせるのは、ルックスが優れているせいに違いない。

陸くんは小さな手で私の胸をまさぐり、首筋に柔らかな頬を擦り寄せて甘えてくる。

陸くんの愛らしさと父親の素敵さに、デレデレと頬を緩ませつつ、二十階に住んでいるのかと聞くと、彼は頷いた。

「一週間ほど前に引っ越してきたばかりなんです」

前に住んでいたマンションは勤務地と保育園から少々遠く、不便に感じていたそうだ。ここの立地は彼にとって利便性が高く、引っ越しを決めたと教えてくれた。

エレベーターは他の住人を乗せることなく一階に到着し、扉を開けた。

向かう先は彼も私も電車の駅なので、マンションのエントランスを出た後も、会話しながら並んで歩く。

「この前と出勤時間が違うんですね」と問いかければ、朝日に眩しそうに目を細めた彼が頷いた。

「職場を三か所、掛け持ちしていて、今日はこの前とは別の勤務先に出勤なんです」

そう答えてから、「もうすぐ三歳になるので、重いでしょう。陸、こっちにおいで」と息子に手を伸ばす。

しかし陸くんは私の首にしがみつき、「いやー！　おかあしゃんがいい！」と断固拒否の姿勢である。

もしかして、亡くなった母親の温もりを求めているのかな……。

途端に目頭が熱くなり、鼻の奥がツンとするのを感じた私は、駅まで抱っこさせてほしいとお願いした。

「こう見えて、力はあるんですよ。看護師をしていまして、大の大人をよっこらせと持ち上げることもあるので。陸くんくらいなら、へっちゃらです」

「へぇ、看護師さん……」

彼が目を瞬かせているのは、白衣が似合わないと思ったせいなのか。

恥ずかしくなって「三か所にお勤めとは、お忙しいですね」と話題を彼のことに変えれば、来月には四か所に増える予定だと聞かされて驚いた。

なんの仕事をしているのだろう……？

「それで、なかなか息子と遊んでやる時間が取れず……コラ、陸、襟元から手を入れるのはやめなさい。失礼じゃないか」

「いやー！　おっぱい触るー！」

「あの、お気遣いなく。ちょっとくすぐったいけど、小さな手を嫌だと思いません」

陸くんと、大人ふたりの、三角形の会話をしつつ、噴水のある公園内を通る。

この前とは違い、通勤通学の人々が大勢いて、皆、足早に駅方向へと進んでいる。

駅に着けば電車の路線が別ということで、改札を通る前に別れることになった。

「いやー！」と陸くんが駄々をこねても、今度ばかりは私から引きはがされて、父親の腕の中へ。

「陸くん、同じマンションだから、またすぐに会えるよ。今度、公園で遊ぼうね」

そう声をかけたら、嫌がるのをやめて、「うん！」と素直な返事と笑顔をくれた。

「それじゃあ」と手を振り、親子に背を向ければ、「待って」と父親に引き止められる。

「はい？」

「私は五十嵐俊人《いがらしとしひと》と言います。」

「あなたの名前を聞いてもいいですか？」

「あ……はい。高森葵です」

「葵さん。ありがとう。またお会いしましょう」

素敵に微笑んでから背を向け、東改札口へ繋がる通路へと歩き出した五十嵐さん。

陸くんは「おかあしゃん、バイバーイ」と父親の肩から手を振っていて、私も手を振り返しながら、ポカンとしていた。

名前で呼ばれちゃった。どうしよう、これって……恋愛フラグ立ったってヤツ⁉

両手で頬を押さえたのは、顔の熱さを感じたからである。

彼を恋愛対象に考えた途端に鼓動が高鳴り、こそばゆい思いに身悶えしたくなった。

『またお会いしましょう』と言ってもらえたし、陸くんと公園で遊ぶ約束もした。

もしや次に会った時は、三人で公園デートかな……照れる！

ここは東西の改札口へ繋がる通路の合流地点である。

混み合う中で、立ち止まって流れを邪魔している私に、駅利用客の迷惑そうな視線が向けられている。

それに気づいた直後に、電車に乗り遅れそうだったことも思い出してハッとした。

「マズイ、朝礼と申し送りに遅れちゃう！」

申し送りとは、夜勤者からの情報の引き継ぎで、八時半に始まる。それに間に合わなければ遅刻だ。

慌てて駆け出す私であったが、頭からは五十嵐さん親子の顔が消えず、にやけた口元もそのままであった。

名前を教え合った日から、ひと月ほどが経過して、街路樹が色づき始め、人々の装いも秋物に変わった。

八時十分。朝の混雑する駅の構内で、私は腕に抱いていた陸くんを、慣れた手つきで父親に渡す。

「陸くん、保育園いってらっしゃい。また会おうね」と声をかければ、「明日、陸とあしょぶ？」と無邪気な笑顔を向けられて困った。

明日は夜勤なので、出勤で家を出る時間は十六時頃である。夜通しの勤務に備えて、昼までゆっくり寝ているつもりなので、陸くんに会えない一日になりそうだ。

それをわかりやすく話して「ごめんね」と謝ったら、愛らしい瞳を潤ませてしまった。

「おかあしゃん……」

「ああっ、泣かないで！　わかった。明日の朝も駅まで抱っこしてあげる。それならいいかな？」

陸くんを泣かせまいとして、そう言った私に、五十嵐さんが優しく注意する。

「葵さん、ありがたいけど、それは駄目だ。夜勤なんだろ？　陸に付き合っていたら、疲れてしまう」

その後には陸くんにも、「我慢しなさい」と言い聞かせる。

「毎日会えるわけじゃないんだよ。わがままを言って、葵さんを困らせてはいけないよ」

すると陸くんは声をあげて泣き出したが、いつものことだと動じない彼は、私に爽やかな微笑みをくれる。

「ありがとう。仕事、頑張って。それじゃ、また」

そう言った彼は私にグレーのスーツの背中を向けると、颯爽と東改札口へ歩き去った。

私も西改札へ繋がる通路へと歩き出しながら、ニヤニヤが止まらない。すれ違う人に不審者を見るような視線を向けられても、嬉しくてだらしない顔になってしまうのだ。

最近、五十嵐さんとの距離が縮まってきた気がする。

砕けた口調で話してくれるし、駅まで一緒に通勤するのが当たり前になってきた。

それは陸くんが、私に懐いているからに違いなく、〝おかあしゃん〟と呼んでくれるあの子に感謝しなければ。

五十嵐さんは『葵さんと呼びなさい』と息子に何度か注意していたけれど、修正できずに今に至り、私はひそかにそれを喜んでいた。

陸くんのおかげで連絡先も交換し、休日には噴水のある公園で遊んだこともある。

通勤経路の公園であっても、私はデート気分で、その日は朝から張り切ったものだ。

実家暮らしのため滅多に料理をしない私が、レシピサイトを見て、お弁当を作っているから、母に驚かれた。

『葵が料理!? 最近は部屋も綺麗に片付いてるし、どうしたの？ あ……わかった。彼氏ができた？』

五十嵐さんとはまだ交際には至っていないので、母の質問には頷くことができない。

それでヘラヘラ笑って『そんなんじゃないよ』と否定した。

『私もいい歳だし、そろそろちゃんとした生活をしようと思ってね。自立した大人の女性だと思われたいもの』

誰にそう思われたいのかと言えば、もちろん五十嵐さん。

だらしなさは言動に表れるものだと聞いたことがあるので、部屋に誰かを呼ぶ予定がなくても、整理整頓しておかなければと思うようになったのだ。

恋をすれば、女は変わる！

毎日、楽しんで努力できるのは、素敵な男性に出会えたからに違いない。

けれども、一日中、浮かれてもいられない。出勤して白衣に着替えれば、気を抜くことのできない激務が待っている。

私の所属する消化器外科は特に忙しく、申し送りが終わったと思ったら、あっという間に時間は過ぎて十一時半になる。

ナースステーション内の一角にある作業台で、医師の指示箋《せん》を確認しながら、受け持ち患者の点滴の準備をしていたら、「高森さん」と誰かに呼ばれた。

振り向けば、五十代の女性で、怒ると怖い看護師長が、近くにある白いテーブルの手前に立っている。右手の受話器を戻し、内線電話を今、終えたところであるようだ。

「回復室からの連絡。オペ患の山田《やまだ》さん、あと十分で戻せるそうよ。迎えに行って」

「はい！」

私の仕事の主なものは術前術後の管理であり、今日も手術の患者を担当していた。

手術室から回復室へ移された患者が麻酔から覚め、状態が安定したら、今のような連絡が入る。それを受けたら、待ったなしで迎えに行かなければならないのだ。

他の患者の点滴はどうするか……と思う前に、同僚の看護師が「それ、私がやっておくよ」と声をかけてくれた。

長い黒髪をひとつに束ね、快活そうな目をした彼女は、杉谷由香里《すぎたにゆかり》。私の同期で二十六歳、プライベートでも親しい付き合いをしている。

看護師はチームで動いているため、フォローし合うのが常である。

「うん、お願い。六〇五号室の鈴木慶子《すずきけいこ》さんの抗生剤ね。指示箋はこれだから」と彼女に手渡し、他にも今の時間にやらなければいけない業務、ひとつをお願いして、私は手術部へ急いだ。

ここは六階で、手術部は三階にある。

患者は滅多に使わない階段を駆け下りていたら……下から上ってきた誰かが、五階のフロアへと歩き去る後ろ姿だけがチラリと見えた。

医師用の白衣を着た男性と、スーツ姿の男性の、ふたりである。

ここは二十六もの診療科がある大きな総合病院であり、所属部署以外の職員には、名前も顔も知らない人が大勢いる。

今、五階へ去った医師たちが誰なのかと気にすることもなく、階段を下りていたのだが、ふと爽やかな香りを感じて足を止めた。

あれ？　どこかで嗅いだことがあるような……。

前に五十嵐さんにもらったハンカチと同じ香りだと気づいてハッとした。陸くんを抱っこした時にも、服から同じ洗濯洗剤の香りを感じたことがある。

周囲には誰もいないので、先ほどの男性ふたりのうちのどちらかの残り香だと思われるが、もしかして……⁉

今朝の五十嵐さんも、グレーのスーツを着ていたことを思い出していた。

医師と歩いていた男性は、もしや五十嵐さんだったのではないかと考え、私は五階フロアの入口に振り向いた。けれども、首を横に振って、すぐにその推測を否定する。

グレーのスーツなんて、ありふれたものだ。

洗濯洗剤だって、同じものを使っている人が日本中にいるはずである。

彼ではないかと思ってしまった自分に呆れて、苦笑する。

他のことを考えていたら、医療ミスをしてしまうかもしれず、気をつけないと……。

自分を戒め、気持ちを仕事へと戻したら、急いで手術部へ向かう。

私は看護師。患者の命に関わるこの仕事と、プライベートはきっちり線引きできているつもりでいたのだが……。

午後も緊張感のある中で慌ただしく時間が過ぎ、夜勤者への申し送りの時間になった。

それを終わらせて、残っていた看護記録を書き終えた私は、十八時半に病院を出た。

ここは都会の真ん中で、街灯や車のヘッドライト、ビルの窓辺の明かりがあるため視界に不自由はないが、空を見上げればすっかり夜の様相であった。

秋だね……と日が短くなったことを思いつつ、羽織っている薄手のコートのボタンを一番上まで閉める。

電車の駅へと向かって歩いていたら、後ろから誰かが走ってきて、私の隣に並んだ。

「追いついたー！」と息を弾ませ笑っているのは、同僚看護師の由香里である。

「お疲れ。あれ？　今日は二時間くらい残業するって言ってなかった？」

「うん。看護計画、見直さなきゃと思ったんだけど、今日はやめる。明後日、夜勤だから夜中にやるよ。今日はもう疲れたし、お腹空いた」

そうボヤいた彼女は、長い髪を縛っていたゴムを外す。日勤の激務で乱れた髪を手櫛で整えてから、また縛り直し、「ねぇ！」と声を弾ませた。

「なんか食べて帰らない？」

「いいね！」と即答した私だが、直後に目をつり上げた母の顔が頭に浮かんだ。

夕食を作ってくれただろうから、『もっと早く連絡しなさいよ！』と怒るよね……。

実家暮らしは楽だけど、こういう時には不便も感じる。

由香里は「どこの店にする？　私は中華が食べたい。ラーメンでもいいよ」と食べに行く気満々で、やっぱりやめておくとは言い出しにくい。

友達付き合いと、母に叱られることを、頭の中で天秤にかけた結果……両方食べるという結論を出した。

今、お腹空いてるし、由香里との食事を軽いもので済ませれば、母の手料理も食べられるはず。うん、そうしよう。

三分ほど歩き、入った場所は駅前の商業ビルの一階にある中華料理店。

チェーン展開しているファミレスのような中華屋で、親子連れや学生、ＯＬなど、様々な客層で賑わっていた。

案内された中程の席でメニュー表を開き、由香里は坦々麺と餃子のセット、私はハーフサイズのあんかけ炒飯を注文する。

目を瞬かせた彼女に、「ダイエットしてたっけ?」と問われ、首を横に振った。

「帰ったら夕食が待ってるからね。満腹にできない」

「ああ、そっか。葵は独り身じゃなかった」

「実家暮らしなだけで独身だよ。由香里と違って彼氏もいない。でも……もうすぐ恋人ができちゃったりして⁉」

仕事が終われば五十嵐さんを思い出して、存分にときめくことができる。

由香里には半月ほど前に、素敵な男性と知り合ったことを報告済みなので、「ああ、例の子持ちの人ね」と淡白な反応をされた。

水をひと口飲んだ彼女は眉を寄せて、「浮かれすぎ」と注意する。

「えー、いいじゃない。久々の恋愛だし、仕事中じゃないもの」と口を尖らせて反論したが、「最近、仕事中もたるんでるでしょ」と指摘されてしまった。

「カンファレンス記録に、顔文字つけないでよ。師長が確認するんだからね。チーム全員、叱られるじゃない」

「あ、ごめん。つい……」

言われて思い出したが、先週のチーム内の事例検討会で、私が記録係を担当した。

ノートパソコンにみんなの意見を真面目に打ち込んでいたつもりだったけど……結論を書き込んで、『これで終わった。帰れる！』という喜びから、つい笑顔の顔文字をポンと付け足してしまったのだ。

うちの病棟の看護師長は下の者の意見にも耳を傾けるいい人だけど、怒ると怖い。真剣みが足りないと叱られずに済んだのは、私の書いた記録をチェックして気づいた由香里が、顔文字を消してくれたためらしい。

「ありがとう」とお礼を言った上で、「でも、別に五十嵐さんのことで浮かれていたせいじゃないよ」と否定したのだが、由香里の指摘はまだ続く。

「昨日のアレは？　六〇七号室からなかなか戻ってこないから、葵の代わりに私が巡回介助する羽目になったんだけど」

「うっ……」

昨日も私たちは日勤だった。

輸液の交換で訪室したら、まもなく退院予定の女性患者と恋愛トークで盛り上がり、気づけばベッドサイドに十五分も居座ってしまったのだ。

日勤業務では、夜勤者に引き継ぐ前の十六時に、術後患者のガーゼ交換や創《そう》処置に医師が病室を巡回する。

その日の介助は私が担当だったのに雑談に花を咲かせていたため間に合わず、由香里がフォローしてくれたというわけであった。

昨日も謝ったが、今日も「ごめんなさい」としおらしく頭を下げる。

しかしすぐには許してもらえずお説教は続き、料理が運ばれてきたら、やっと由香里に笑顔が戻った。

叱られてへこんだ私の気持ちも、美味しそうなあんかけ炒飯によって立て直され、ふたりで料理を頬張る。

食後には杏仁豆腐を追加注文し、それを食べながら、私は五十嵐さん親子の話をした。

「でね、今朝も陸くんを抱っこして駅まで歩いたんだ。お母さんと呼ばれるし、はたから見れば家族だよね。どうしよう……まだ彼女でもないのに、私って奥さんみたい！」

恋をすれば些細なことも嬉しくて、誰かに話したくて仕方ない。

それで語って照れて、はしゃいでいたのだが、由香里はなぜか渋い顔をしている。

それに気づいた私が、「うざかった……？」と恐る恐る尋ねれば、彼女は首を横に振る。

「葵が楽しく恋愛しているならいいかと思ってたけど……やっぱり、ここで止めておいた方がいいんじゃない？　だって子持ちだよ？」

反対されるとは思っていなかったので、私はスプーンを皿に戻して、目を瞬かせる。

「子持ちだって、いいじゃない。陸くんは天使のように可愛いよ」

そう反論すれば、ため息をつかれた。

「実際、大変だと思うよ。今は天使でも、あと十年もすれば生意気になる。自分の子なら、たとえ悪ガキになっても面倒見なきゃと思えるけど、他人の子はね……。可愛くなくなったら、育てるのがつらくなるはず」

由香里はもし結婚までいったら……と考えて指摘しているみたい。

それは先ほどの私が、お母さん、家族、奥さんという言葉を使ったせいであろう。

正直、十年後のことまで考えていなかった私だが、陸くんが悪い子に育つと言われたような気がしてムッとした。

「成長しても陸くんを可愛くないと思うことはないよ。五十嵐さんは素敵な人だし、彼の子供なら私は――」

皆まで主張しないうちに、「ほら、それだよ」と由香里に遮られる。

「その五十嵐さんとやらが、素敵な人じゃなかったらどうするのよ。葵は自分の都合のいいように彼の人物像を作り上げている気がする」

由香里は真面目な顔をして、私の思い込みの強さを指摘してくる。

半月ほど前に、由香里に初めて五十嵐さん親子の話をした時、奥さんに先立たれても健気に前向きに暮らしているとも説明した覚えがある。

『妻はいません』と彼が言ったのは事実だが、亡くなったという情報はなく、それは私の勝手な推測であった。

「死別じゃなく、離婚かもしれないでしょ」と由香里は冷静に意見する。

「亭主関白で口煩《うるさ》くて、奥さんが出ていったのかもしれないよ。ギャンブル癖や女癖、奥さんが耐えられないところがあった可能性もある」

「そ、そんなことないよ！　五十嵐さんはいつも優しくて真面目だもの」

「だったら聞いてみたら？　奥さんがいない理由を。本気で付き合いたいなら、それくらいしないと」

五十嵐さんは誠実な人だと信じているが、由香里の提案に、「それは……」と反論の勢いをなくしてしまった。

「まだ今の関係じゃ聞きにくいよ……」

「圧倒的に情報不足」

由香里は、新人看護師の立てた看護計画に、ダメ出しする指導者のような顔をしており、違うとは言えない私は、せめてもの抵抗で頬を膨らませてみせた。

「だいたい葵は、彼のどこに惚れたのよ？」

「素敵な人だと思ったから……」

「素敵って、具体性に欠けるね。彼を選んだ理由を、三つあげるとしたら？」

「三つもない。ひとつだよ。それは——」

ここまで私が押され気味で続いていた会話であったが、スプーンを強く握りしめて、「直感！」とキッパリ言い切れば、由香里は口を閉ざした。

しかし、私の熱意に負けたのではなく、呆れている様子。無言で杏仁豆腐を食べ終えた彼女は、「帰ろうか」と淡々と言って立ち上がった。

「反対するのはもう終わり？」と問えば、由香里はサッパリとした笑顔を向けて言う。

「恋愛って、スタート時には熱くなってるから、周囲の忠告が耳に入らないものだよね。私も経験あるし、葵の今の気持ちもわかる」

「なんか、わかってくれてありがとうと、喜べない言い方だね……」

「正直でごめん。葵と喧嘩したいわけじゃないから悪く取らないでね。最後に独り言として言わせてもらえば、私はその人、不良物件にしか思えないんだけどな」

不良物件なんて……ひどい。

思わずムッとしてしまったが、私も由香里と口論したいわけではないし、仕事に支障をきたすのはいやなので、聞き流すことにする。

バッグを手に立ち上がってレジへと向かいながら、『由香里も五十嵐さんに会って話せば、素敵な人だとわかるのに』と心の中で呟いた。

彼はいつも私に対して感謝の言葉を欠かさない。

陸くんと三人で公園デートした時は、お弁当を作った私に何度も『ありがとう』と言ってくれて、残さず食べてくれた。料理に不慣れな私が作ったものだから、自分でもイマイチだと思うおかずもあったのに、『とても美味しいよ』って……。

出会った時に、アップルシナモンドーナツが好物だと言ったことも覚えていてくれて、この前の朝は、『いつもありがとう』とドーナツ入りの紙袋を渡してくれた。

彼が気遣い溢れる優しい人なのが感じられる。陸くんに対しても、仕事が忙しい分、休日は目一杯遊んであげているみたいだ。

これまで休日は寝てばかりか、友達と遊び呆けていた私とは違い、彼は子育てに手を抜かず、父親としてできる限りの努力をしているのが伝わってくる。

悪く言われて悔しいから、由香里に五十嵐さんを紹介したい。

交際相手ではない、ただのご近所さんという今の希薄な関係では無理だけど……。

由香里と別れて電車に乗り、自宅マンションに着いたのは二十時頃であった。

共用エントランスの自動扉はオートロックになっていて、自宅のドアの鍵を受信部にかざすと開く仕組みになっている。

ショルダーバッグの中をゴソゴソと探った私は、「あれ？」と呟いた。

鍵がないのだ。

一瞬、落としたかと焦ったが、持って出ることを忘れたのだと、すぐに思い出した。

昨日、着ていたジャケットのポケットに、入れっぱなしだ……。

実家暮らしだと、専業主婦の母が見送ってくれるため、自分で施錠しなくてもいい。

そのため、こういうミスをたまに犯してしまう。

それでも焦ることはない。

暗証番号の入力でも自動扉のロックを解除することができるし、自宅の部屋番号を押してチャイムを鳴らし、母に開けてとお願いすることもできるからだ。

後者を選択した私は、呼び出しボタンを押した。しかし応答はなく、首を傾げる。

再度、部屋番号を押しても同じで、どうやら母は留守にしている様子。

こんな時間にどこへ行ったのだろうと不思議に思いつつ、今度はスマホを取り出した。

暗証番号入力でここのロックを解除したとしても、鍵がなくては家に入れないので、母に電話をかける。

三回コールで電話に出てくれた母に、「どこにいるの？　鍵忘れて入れないんだけど」と言えば、《はあ⁉》とやけに驚かれた。

たまにやってしまうミスに対する反応としてはおかしく、「え、なに？　どうしたの？」と戸惑えば、母の怒声が耳に響く。

《お父さんと一泊二日で温泉に行くって言ったでしょ！　先週と三日前と今朝も教えたよ。この子は全く、人の話、聞いてないんだから！》

そういえば、そんなこと言っていたような……。

母の趣味は懸賞への応募である。

先月、東京《とうきょう》近郊にある温泉旅館のペア宿泊券が当選したと喜んでいたのは、私もはっきりと覚えていた。

まだ定年退職までには二年ある会社員の父に、有給休暇を取ってもらい、平日の空いていそうな時に夫婦でゆっくり温泉に浸かってくると言ってたっけ。

ということは、父も今夜は帰らないので、私が家に入れないのは決定的であった。

散々叱られて、《友達の家にでも泊めてもらいなさい！》という結論で締めくくられ、電話は切れる。

それしかないよね……。

私もそう思ったが、真っ先に頭に浮かんだのは由香里の顔で、私の眉間に皺が寄る。

独り暮らしだし、連絡すれば泊めてくれると思うけど、『不良物件』と言われたことを思い出して不愉快になっていた。

今日は頼れない。また五十嵐さんを非難されたら、今度こそ喧嘩になってしまいそう。

それならばと他の同僚の顔を思い浮かべたが、独り暮らしで、かつ泊めてと言いやすい間柄である後輩は、今、夜勤中である。

じゃあ学生時代の友達に……そう思って電話したが、忙しいのか連絡が取れなかった。

これは困った。どうしよう、駅前のビジネスホテルに行ってみる？

これまでビジネスホテルに宿泊したことはなく、私の中では、客の大半はおじさんだというイメージがあるため、乗り気がしない。

部屋が煙草くさそうで、嫌だな……。

自動扉の前に佇んで、他に選択肢はないかと考え込んでいたら、「葵さん」と後ろから声をかけられた。

「おかあしゃん！」という可愛らしい声もする。

振り向けば、陸くんを抱いた五十嵐さんが立っている。

どうやら仕事を終えた彼が保育園に息子を迎えに行き、今帰宅したところのようだ。

陸くんは満面の笑みで私に向けて両手を伸ばしてきた。

五十嵐さんの腕から陸くんを抱き上げることは、今ではもう自然になっている。

私にぎゅっとしがみつく小さな手も、首筋に当たる柔らかな頬の感触も気持ちいい。

可愛らしい陸くんに笑顔にさせてもらった私であったが、「考え込んでいたようだけど、鍵を忘れたの？」と五十嵐さんに言い当てられて、困り顔に戻される。

「そうなんです……」

事情を説明し、ビジネスホテルに泊まろうか迷っていたと打ち明ければ、彼がサラリと驚くようなことを言う。

「うちに泊まりなよ」

「……ええっ⁉」

彼女でもないのに、泊まるってアリなの⁉

それは予想外の申し出で、思わず足を半歩引いた私に、彼はハッとした顔をする。

「あ……」となにかに気づいたような声を出し、慌てて私に謝る。

「決してやましい気持ちで誘ったわけじゃないが、若い女性に失礼なことだった。すまない。今のは忘れて。ビジネスホテルなら、駅前のアーボンがいいと思うよ。ヨーロッパ調の綺麗な内装で、全館禁煙。きっと女性も泊まりやすいかと……」

私にホテル情報を教えてくれる彼の頬は、ほのかに赤く染まっていた。

やましい誘いではないとの言葉に嘘はないと思うが、私が過剰に驚いてしまったから、いかがわしい展開を想像させてしまったのかもしれない。

私のバカ。なんてもったいないことをしたのよ。

やましい気持ちを持ってもらった方が、こちらとしては好都合なんですけど！

作り笑顔で彼の話すビジネスホテル情報に相槌を打ちつつも、恋愛関係に発展するチャンスを逃した気分で落ち込んでいた。

すると、可愛い天使が救いの手を差し伸べてくれる。私に抱っこされている陸くんが両手を高く上げて、「やったー！」とはしゃいだ声をあげた。

「陸、おかあしゃんと寝るー！」

どうやら陸くんにはビジネスホテルに……という大人の話は理解できなかったようだ。

私が泊まりに来ると完全に思い込んで、足をバタつかせて大喜びである。

焦り顔の五十嵐さんが、「違うよ。葵さんはホテルに泊まるんだ」と訂正したが、「陸もホテル？」とつぶらな瞳がキラキラと輝いてしまうだけであった。

「いや、陸はいつも通り、お父さんと――」

息子に理解させようとする彼の言葉を遮ったのは、私である。

「陸くんのおうちに泊めてもらうね。よろしくね」

「葵さん？」

驚く彼に私は、頭を下げてお願いする。

「泊めてください。私、陸くんに泣かれたくない……」

それは正直な理由であるが、恋愛を進めたいという期待があるのも事実である。

私の下心はたぶん気づかれていないと思うけれど、彼は照れ隠しのように目を逸らして言った。

「じゃあ……陸のために、そうしてもらおうか。わがままばかりで、すまない……」

はっきりとわかるほどに、彼の頬が赤くなっているのは、どういう意味か。

脈アリと思っても、いいんですか……？

その質問は口には出せないけれど、嬉しさに鼓動は五割増しで高鳴り、陸くんと一緒にはしゃぎたくなっていた。

近くのコンビニで下着や歯ブラシなど、一泊に必要なものを買った私は、五十嵐さんの自宅にお邪魔した。胸を高鳴らせて玄関を上がる。

３ＬＤＫの間取りは同じだが、生活感溢れた我が家のリビングとは、雰囲気がだいぶ違う。

五十嵐さんの家はダークブラウンと黒と白で統一された家具がセンスよく配置され、モデルルームのようにお洒落で清潔感がある。ただそこに、幼児用のおもちゃや絵本が散らばっているから、冷たい印象にはならずに、家庭の温かみも感じられた。

私を客人として扱ってくれる五十嵐さんが、テレビの向かいに置かれている、ふたり掛けの革張りソファを勧めてくれた。

「座ってくつろいで。今、コーヒーを淹れるから。あ、その前に夕食は食べた？」

「なにか作ろうか」と言われて、ぜひ手料理を食べてみたいと思ったが、仕事帰りで疲れている彼を煩《わずら》わせたくないし、図々しい女にもなりたくないため遠慮する。

ハーフサイズのあんかけ炒飯でも、食べてから一時間ほどが経ち、血糖値が上昇しているため、空腹感も消えている。

それで首を横に振り、友人と食事をしてきたばかりだと伝えた。

お気に入りのおもちゃを両腕いっぱいに抱えた陸くんが、私と遊びたくて寄ってきたのも、夕食を断った理由のひとつである。

「今日はいつもより帰りが遅いんだ。陸は保育園で夕食をお願いして、俺も職場で簡単に済ませてきた」

五十嵐さんは素敵な笑顔でそう話してくれて、「ふたり分のコーヒーを淹れるよ」とキッチンへ入っていった。

けれども、彼とふたりでゆっくりコーヒータイムを……とはならない。

小さな手によって、ソファの横の床に座らされた私は、陸くんの遊び相手をする。

「これねー、ちらのしゃうるしゅ。いちばん、ちゅよいよ！」

陸くんは恐竜フィギュアを私の膝に置き、名前と特徴を教えてくれている。

ティラノサウルスと言ったのかな……？

舌足らずなところも、愛らしい。

おもちゃを持ってきては説明を加えて渡してくれて、私の膝の上はどんどん重たくなる。

と思ったら、今度はおもちゃを、ポイポイと床に投げ捨てる。どうやら自分が、私の膝に座りたくなったみたい。

抱っこしてあげて、満足したかと思えば、今度は「あっち！」と手を引かれて別室に連れていかれた。

リビングから廊下に出て、隣の部屋のドアを開ければ、そこは子供部屋として整えられた六畳間。

ベッドや学習机が置かれているものの、使用している形跡はなく、まだ三歳になるかならないかの陸くんはきっと、父親の寝室で一緒に寝ているのだと思われた。

「ここね、陸の部屋。嫌い」

「き、嫌いなんだ……。この部屋でひとりで寝るのは寂しいもんね」

「うん！」

嫌いだと言いつつも、机の下に潜り込んで隠れんぼを始めた陸くんに、私は吹き出す。

子供って、自由でとりとめがなくて、欲求に正直で面白い。

可愛いな……でも、これが毎日だと、正直ちょっと疲れるかも。

陸くんが隠れている場所はわかっていても、床にしゃがんで目を瞑り、「一、二、三……」と数えて鬼役をする。

しかし、十まで数える前に陸くんが「おかあしゃん、みーつけた！」と抱きついてきたので、隠れんぼは終了となる。

この遊びは、どんなルールだったのかな？と戸惑いつつも、はしゃいだ声をあげて、マシュマロほっぺを私の頬に擦り寄せられたら、胸キュンが止まらない。

ああ、もう、疲れてもいい！　可愛すぎて、毎日、一緒に遊びたい……。

電車のおもちゃに絵本、鬼ごっこと、全力で陸くんと遊んでいたら、廊下を走っていたところで、浴室洗面所から出てきた五十嵐さんとぶつかってしまう。

「キャッ！」と声をあげて転びそうになった私を、逞しい腕が引き寄せて、支えてくれた。

彼の胸に顔を埋めてしまった私は、息が止まるほど驚いて、心臓を大きく波打たせる。

今、私、抱きしめられてるの……⁉

「大丈夫？」と問われ、ハッとして顔を上げれば、拳ふたつ分の距離で視線が交わり、さらに鼓動が跳ね上がった。

「ご、ごめんなさい！」

　顔を耳まで熱く火照《ほて》らせた私が、慌てて彼と半歩の距離を取れば、五十嵐さんの頬も少々赤くなる。

「こちらこそ、すまない。陸の相手をしてくれてありがとう。おかげで家事を済ませられる……」

「そ、そうですか。ええと、喜んでもらえてよかったです……」

会話がぎこちないのも、顔が熱いのも、お互いに照れているからであろう。

もしかして、私を恋愛対象に入れてくれたのかな……？　そうだったらいいのに……。

陸くんだけは無邪気に私の足にまとわりついて、楽しそうに笑っていた。

なにかをごまかすような咳払いをした五十嵐さんが、私にお風呂を勧めてくれる。

「お湯を張ったから、葵さん、先にどうぞ」

すると陸くんが、私と彼の間でピョンピョン飛び跳ねた。

「陸もー。おかあしゃんと入るー」

「それは駄目だ。葵さんが困ってしまうよ。陸はお父さんと入ろう」

「いやー！　おかあしゃんがいい」と陸くんが嫌がっても、五十嵐さんは真顔で首を横に振るのみ。

　折れてくれない父親に、それならばと知恵を働かせた二歳児は、「おとうしゃんとおかあしゃんと陸。みんなで入る」と言い出した。

「陸、それは余計にできない」と五十嵐さんは慌て、三人での入浴シーンを頭に描いてしまった私は、入る前からのぼせそうになる。

　私の恋愛に、無邪気に協力してくれる陸くんの存在はありがたいが、さすがに五十嵐さんと一緒にお風呂は恥ずかしくて無理だよ……。

　彼がなんとか説得しようとしても、陸くんは「いやー！」の一点張りで、その目が潤んでくるのがわかった。

　泣かれることに弱い私は、陸くんを抱き上げて、五十嵐さんにお願いする。

「危険がないように気をつけますから、私と陸くんでお風呂に入らせてください」

「危険だとは思ってないよ。慣れていないと葵さんが大変だと思って……」と気遣われたが、「大丈夫です！」と私は胸を張った。

　赤ちゃんなら小さすぎて不安に思うけど、陸くんくらい大きな子供なら、なんとかなるはず。そう思ったのだが……。

　こ、これは相当に大変だ。

体を洗おうと促しても、シャンプーするよと言っても、陸くんは「いやー!」の連続で、私を水遊びに誘うのみ。ちっとも協力してくれないし、滑って転んだり、万が一、溺れては大変だと思うせいで、自分の洗身洗髪もままならない。

これが二歳児。世の親たちは大変なんだね……。

毎日、ひとりで陸くんを入浴させている五十嵐さんを尊敬する。親なら当然のことかもしれないけど、子育て経験のない私からすれば、かなりスゴイことである。

一時間ほどもかかって、なんとか陸くんと自分を洗い終えて浴室から出る。

陸くんはまだまだ元気いっぱいだが、私はヘロヘロである。

ノーメイクの素顔を五十嵐さんに見られることなど、気にしてはいられない。

疲れきってリビングに戻れば、彼がダイニングテーブルで、なにか書き物をしていた。

近づいていけば、それは保育園の連絡帳のようである。

そういう作業もあるんだ……。これもほぼ毎日のことだよね。仕事が終わって家に帰ってきても、ゆっくりする時間はないんだね……。

私たちに気づいた彼は、ペンを置いて椅子から立ち上がる。

「お疲れ様。大変だったろ?　ありがとう」と私をねぎらってくれて、冷蔵庫から麦茶を出してコップに注ぎ、陸くんと私に渡してくれた。

それから彼は、なにかに気づいたような顔をする。「着替えを貸すべきだったな。葵さんが着れそうな服、あっただろうか……」と呟いて、ドアに向けて歩き出した。

今、私が着ているのは、グレンチェックの秋物のズボンと、カーキ色のカットソー。下着はコンビニで購入したものに着替えたが、その他は通勤時と同じである。

リビングから出ていこうとしている彼を呼び止めた私は、「このままで大丈夫です」と慌てて言った。

「仕事中は白衣ですし、通勤時にしか着ていないから、汗くさくはないと思うんです」

断った理由は、彼の服を着た自分を想像し、恥ずかしくなったためである。

女性向け漫画のドキドキシーンによくあるように、男物のブカブカなTシャツやワイシャツを着た女性は扇情的だ。色気不足の私でも、湯上がりで彼の服を着れば、そこそこセクシーに見えるのではないだろうか。

それはちょっと、照れてしまう。

そこまで考えた私は、あれ？と首を傾げる。

恋愛関係に発展させたいのだから、その方がいいのでは……？　し、しまった……。

もう断った後で、「わかったよ」と彼にも言われてしまった。

首を傾げたままで後悔していたら、引き返してきた彼に、「首がどうかした？」と問われる。

「あ、なんでもないです！」と笑ってごまかした私は、熱い頬を掻く。

色気で迫る作戦は、頭をチラリと掠めただけで実行に移す勇気は出せそうになかった。

その後も、「私にやらせてください」と立候補した歯磨き役で陸くんと格闘し、時刻は二十一時四十分になる。

いつもは二十一時になったら寝室に行くそうだが、今日は私が入浴に手間取ってしまったため、時間が押していた。

「寝るよ」と五十嵐さんが言えば、予想通り、「いやー！」と拒否の声が返される。

陸くんのイヤイヤに少しだけ慣れた私は、わざとらしいあくびをして見せた。

「眠くなってきたな。もうお布団に入ろうかな」

ソファから立ち上がり、「おやすみ。先に寝ちゃうね」とドアに向けて歩き出したら、「陸もー。おかあしゃんと一緒に寝るー」と言って、可愛い足音が追ってくる。

しめしめとほくそ笑んだ私は、振り向いて陸くんを抱き上げると、五十嵐さんに言う。

「私が寝かしつけますので、ゆっくりお風呂に入ってください」

きっと彼は、陸くんが生まれてから、ひとりでの気楽なバスタイムを味わったことがないような気がする。

泊めてくれたお礼になるかはわからないが、彼にリラックスする時間を作ってあげたいと思っていた。

すると、「葵さんは、すごいな」と感心された。

「陸が素直に寝室に行くのは久しぶりだよ。君は優しくて、人をよく見ている。看護師としても優秀なんだろうな。心からありがとう」

爽やかで男らしい瞳と唇が緩やかな弧を描き、嬉しそうな微笑みを浮かべた彼。

その表情と言葉に、私の胸は歓喜に震えた。

褒められて、感謝された……。陸くん……ありがとう‼

八畳の寝室にはダブルベッドが置かれているが、陸くんが落ちることを心配してか、床に布団を敷いて寝ているみたい。

清潔な香りのする布団に陸くんと入り、ベッドランプの淡い明かりの中で、絵本を読んであげる。

つい先ほどまで、大人よりもパワフルに動き回っていた陸くんであったが、ほんの三ページ読んだだけで眠りに落ちた。

半開きの口から漏れる寝息と、私の服を握りしめている小さな手。ふくふくとした柔らかな頬に、陽だまりのような優しい幼児の香り。まさに天使だ。

なんて愛らしい……と感じると同時に、胸に熱いものが込み上げてくる。

どうかこの子に、たくさんの幸せが訪れますように……。

ふと思い出したのは、中華料理店での由香里の言葉。

『可愛くなくなったら、育てるのがつらくなるはず』

その意見を今なら、自信を持ってキッパリと否定できる。

可愛くないと思う日は、絶対にこない。

あどけない寝顔を見ながら感じるのは、この子を守り育てたいという母性である。

ほんの数時間の育児体験だったけど、子育てが大変なのはよくわかった。

それでも私は、陸くんの母親になりたいな……。

ボイラーの音が小さく聞こえるのは、五十嵐さんが入浴中だからである。

リラックスできているかな……と思いつつ、陸くんを愛しく見つめていたら、私の瞼《まぶた》が下がってきた。

寝かしつけるだけで、ここで一緒に眠るつもりはなかったのに、うとうとしてしまう。

　夢の中を彷徨《さまよ》ったのは、二十分ほどだろうか……。

　寝室のドアが開けられた小さな音で、ハッとして目を覚ましたら、ドア口にスウェットのような部屋着姿の五十嵐さんが立っていた。

　身を起こした私に彼は、「ごめん、起こしてしまった」と小声で謝る。

　首を横に振った私は、陸くんを起こさないようそっと布団を出て、ドアへ。

「葵さん、そのまま寝ていていいんだよ」

「いえ、眠るつもりじゃなかったんです。陸くんが寝たら、五十嵐さんとゆっくり話したいと思っていたので」

　そんな会話をヒソヒソと交わした私たちはリビングへ戻った。

　時計を見れば、二十二時十分。

　よかった。まだ大人が寝るには早い。

　陸くんの相手をしていたら、五十嵐さんとあまり話せなかったので、これから少し彼との距離を縮められたらいいな……と下心のある私は考えていた。

「座って」と勧められたソファに腰掛ければ、彼はキッチンに入り、二分ほどして私の左隣へ。楕円形の木目のローテーブルに、ジャムを添えたスコーンと、コーヒーを並べてくれた。

「夜食。お腹空いたろ？　陸と遊ぶのは体力勝負だ。一緒に食べよう」

そう言って片目を瞑った彼に、私の鼓動が弾んだ。

「いただきます」

スコーンは温めてあり、コーヒーは芳《かぐわ》しい。

大好物のアップルシナモンドーナツ並みに美味しく感じるのは、彼が隣に座って、一緒に食べているせいなのか……。

食べながらの会話は、もちろん陸くんのことである。

先ほどのお風呂では、予想以上に悪戦苦闘してしまったことを笑いながら話した私は、「次はもう少し上手に入れてみせます！」と右手を握りしめて宣言する。

すると彼が「次……」と呟いて、コーヒーカップを持つ手を宙に止めた。

その反応にハッとした私は、慌てて言い訳をする。

「あの、もう鍵を忘れないように気をつけようとは思います。それで、ええと……」

それならば、次はどんな理由で上がり込むつもりなのかと問われたら、どうしよう。

マズイことを言ってしまったと焦っていたら、彼がクスリと好意的な笑い方をした。

「ありがとう。ぜひ、また泊まりにきて。陸が喜ぶよ」

そう言ってもらえて、私はホッと息を吐き出す。

また遊びにきても迷惑じゃないみたい。それが陸くんのためという理由だけであっても、受け入れてもらえたことを嬉しく思う。

思わずにやけそうになっていたら、彼はさらに私を喜ばせるようなことを言う。

「俺も、葵さんが来てくれると嬉しい。今日は随分と助けられた。いつもはこの時間、まだ家事に追われているのに、こうしてゆっくりコーヒーが飲める。それに女性が家にいると、雰囲気が華やいで、いいものだな」

恋する私にとって、彼の役に立てたことは、舞い上がるほどの喜びである。

「そんなこと言われたら、何度でも押しかけてきちゃいます！」と俄然張り切る私であったが、少々浮かれすぎたようだ。隠していた下心を、うっかり口にしてしまう。

「陸くんにお母さんと呼ばれると、胸が熱くなるんです。なんでもしてあげたくなります。寝顔を見ていたら、いつか本当のお母さんになれたらいいなって……あ」

まるでプロポーズのような発言をしたことに気づき、途中で言葉を切って固まった。

彼は目を見開いて驚いており、私は顔から火が出そうなほどに恥ずかしくなる。どうにかごまかそうとして、つけていないテレビ画面を見ながら、早口で話しだす。

「変なこと言ってごめんなさい。陸くんの亡くなられたお母さんに失礼ですよね。

五十嵐さんも、奥さんを愛しているでしょうし、勝手に家族気分で、私ったら……」

ああ、もう、私のバカ。

これからはきっと、警戒されてしまう。結婚を考えているとバレたら、もう家に入れてくれないかもしれない。

せっかくお近づきになれるチャンスだったのに、しくじった……。

恋愛下手な自分に呆れつつも、忙しく言い訳をしていたら、肩にポンと手がのり、「それは違うよ」と言葉を遮られた。

熱の引かない顔を左隣に戻せば、眉を下げた彼と視線が合う。

「勘違いさせて、すまない。もっと早く話しておくべきだった」と言う彼。「え?」と聞き返した私に、彼は誠実な声色で打ち明ける。

「実は……」

陸くんは、彼の実子ではないそうだ。

彼に結婚歴はなく、妹の子だと聞かされて、私は驚いた。

「どうして五十嵐さんが育てているんですか?」と戸惑いながら尋ねれば、彼は小さなため息をつく。

「恥ずかしい話だが、妹は自分勝手な奴で……」

彼は今、三十八歳。妹とは十歳の年の差があるらしい。

両親が歳をとってから生まれたという彼の妹は、甘やかされて育ったせいか、大学を卒業しても就職せずに東京で遊び暮らし、九州《きゅうしゅう》の実家には金の無心でたまに帰るといった生活をしていたそうだ。

それを兄である彼も問題視していた矢先の三年ほど前、突然、生まれたばかりの赤ちゃんを抱いて実家に戻ったから、両親は仰天した。

さらには『これからアメリカに語学留学するんだよね。この子をよろしく』と驚くようなことを言い、子供の父親が誰かもわからないという。

五十嵐さんの話を聞いて呆れる私は、「自由奔放というか、随分と身勝手な人ですね……」と感想を漏らす。

実家暮らしで親に甘えてきたという点は、彼の妹と同じでも、働いている分、私はマシだと思えた。それに私なら、子供を親に預けて海外留学なんて絶対にしない。

無責任にもほどがあるでしょう。

怒りを覚えた私が「ひどい」と非難しても、彼は妹を庇うことなく隣で頷いていた。

「その通り。兄として情けない。どうしようもない奴なんだ……」

話の続きはというと、両親に電話で呼び出されて実家に帰った彼は、留学をやめて子育てに専念するよう、妹を説得したそうだ。

するど妹が怒り出した。

『もういい。この子と渡航する。二度と頼らないから、そっちも私の邪魔をしないで』

生後数日の陸くんを抱いて、家を飛び出そうとした妹を止めたのは五十嵐さん。

『どうしても行きたいなら、その子を置いていけ。俺の養子にして、俺が育てる。子供を思いやれないお前に、母親を名乗る資格はない』

その台詞を言い放った時の彼を想像し、私は心の中で拍手していた。

そんな勝手な母親なら、留学先で育児放棄するのが目に見えている。

実の母より、愛情を持って誠実に育ててくれる五十嵐さんのもとにいる方が、陸くんにとっては幸せに違いない。

「葵さん……？」

彼に心配そうに顔を覗き込まれ、慌てて目元を拭ったのは、瞳が潤んでしまったからである。

「ごめんなさい。私、こういう話に弱いんです。健気に頑張っている人を見ると、勝手に涙が……」

「俺が健気？　陸を押し付けられたとは思ってないよ。養子にすると決めたのは自分だ。嫌々育てているわけじゃない」

「そ、それはわかってます。陸くんを抱いている時の五十嵐さんは、幸せそうな目をしています」

彼の声に不機嫌さは感じられないが、自分より年上の男性に、健気という言い方は失礼であったかと焦りだす。失言と涙をごまかそうとして手に取ったのは、テーブルの上に置かれていたテレビのリモコンである。

「見てもいいですか？」と作り笑顔で問えば、「どうぞ」と穏やかな声で許可してもらえた。

テレビをつけると報道番組が流れていて、イケメンアナウンサーが政治ニュースを読み上げている。

「あ、風原涼《かぜはらりょう》さんだ」とアナウンサーの名前を呟いて、そのままリモコンをテーブル上に戻した。普段、ニュースはインターネットで軽くチェックするくらいで、テレビを見るなら、バラエティ番組が多い私である。

けれども、風原アナの報道番組は、チャンネルを替えずに見てしまう。

爽やかで整った顔に、耳触りの良い声。年齢は五十嵐さんと同じくらいなのではないだろうか。確か去年、二人目のお子さんが生まれたはずだ。

女子アナの奥さんもよくテレビで見るから、きっと彼も積極的に子育てしているに違いない。同業者なら、お互いの大変さがよくわかるだろうし、支え合う夫婦は素敵だ。

憧れるな……。

私がアナウンサーの名を呟いたことに対し、五十嵐さんが「好きなの？」と、少し低めの声で問いかけてきた。

「はい」と即答して、顔も声も好みであることを、なんの気なく説明する。話しながら気づいたのは、五十嵐さんの面立ちが、風原アナに少し似ていることである。

涼やかな目元と、少し薄い唇。爽やかで、それでいて、時々ドキッとするような大人の色気を感じるところも同じだ。

黙ってコーヒーを飲んでいる五十嵐さんを観察するように見てしまい、それから視線をテレビに戻した。

『次のニュースです。愛知《あいち》県警は昨日午後、名古屋《なごや》市の会社員、花川花雄《はなかわはなお》さんの殺害に関与した疑いで――』

風原アナが次のニュースを読み始めたところであったが、突然プツリと消えてしまう。

「えっ？」と驚いて隣を見れば、五十嵐さんがリモコンを手にしていて、どうやら彼が意図的に消したみたい。

なぜかと不思議に思う私と視線を交えた彼は、自嘲気味に笑って言う。

「ごめん。アナウンサーに嫉妬した」

「嫉妬⁉　そ、それって、つまり……」

予想したことに驚き、呼吸するのを忘れそうになる。

けれども、そんなに都合のいい展開にはならないという、防御的な考えが広がった。予想が外れていた場合に、傷つかないようにするためである。

それでも抑えきれない期待は、防御網を破ってむくむくと膨らんでしまい、心の中にたちまち勢力を拡大する。

鼓動が高鳴り、鎮められなくなった私は、ゴクリと喉を鳴らすと、願いを込めて問いかけた。

「五十嵐さんは、私のことが好きなんですか……？」

静かな部屋の中、大きく速く鳴り立てる自分の鼓動を聞いている。

彼と出会ったのは、ほんのひと月ほど前のことだ。その質問をするには早すぎるかもしれないが、一度期待してしまったら、聞かずにはいられなかった。

私の問いかけに、彼が真顔で黙ったままなのはどういうことなのか……。

もしかして、見当違いなのかな。だとしたら、大失敗だ。恥ずかしくて、次に会うのが怖くなってしまう……。

なにかを考えているように、彼の視線はゆっくりと消したテレビに向けられ、十秒ほどして私に戻された。

「葵さんは、魅力的だ。明るく、可愛らしく、とても優しい。陸を受け入れてもくれる。理想的な女性に出会えて、強烈に惹かれているのを自覚している。だが……好きだとは言えない。好きになっていいものかと、迷っている」

はっきりとしない想いを正直に打ち明けてくれた彼。

かなり脈アリな状況なのがわかり、私は喜びが突き抜けそうになった。それをグッとこらえて、ここが勝負どころだと、真面目な顔をして問いかけた。

「どうして迷うんですか？　私は五十嵐さんが好きです」

「君は、まっすぐな人だな……」

感心したように言った彼の頬は、薄く色づいていた。

私の告白に照れている様子だが、目を逸らすことなく、真摯に答えてくれる。

「俺は、試しに付き合ってみるという選択ができないんだ。交際を始めれば、陸は君を完全に母親とみなすだろう。もし恋人関係が破綻したら、陸を深く傷つけてしまう」

それならば五十嵐さんは、陸くんが成長して彼の手を離れるまで、恋人を作らないつもりなのだろうか？

父親だから恋愛をしてはいけないなんて、私には納得できない。子供がいることに否定的な人ならいざ知らず、私は陸くんの母親になりたいと思っているのに。

とはいえ、彼の心のブレーキを外す鍵が陸くんであることはよくわかったので、言ってもらえてよかった。

もうひと押しが必要だと意気込む私は、彼の目をまっすぐに見つめて、はっきりと気持ちを伝える。

「私は交際のその先も見ています。陸くんの本当のお母さんになりたいです」

「葵さん……本当にそれでいいの？　陸のことだけじゃなく、俺は君よりひと回りも年上だ。仕事と育児に忙しく、ふたりきりでのデートの時間は取れないだろう。君なら、もっといい条件の男が他にいるはずだよ」

「いません。直感だと言ったら、友人に呆れられたけど、私は五十嵐さんと陸くんに運命を感じています。誠実なあなたが好きです。私を恋人にしてください」

冷静に戦略的に攻めているわけじゃない。恋愛経験が少ない上に、自分から告白するのは初めてのことだ。

鼓動は振り切れんばかりで、心臓が壊れてしまいそうである。勇気を振り絞っての必死の告白は、服の胸元を握りしめている私の手を、微かに震わせてもいた。

ここまで言っても、断られてしまうだろうか……。

私に好意を抱いているような言い方に聞こえたけれど、もしかするとそうではなく、陸くんを口実に、優しくふるつもりだったのかも……。

五十嵐さんが難しい顔をして再び黙り込んだので、心が不安に揺れ出し、期待はしおしおと萎んでいく。

やはり告白は時期尚早だったかと、後悔しかけて俯いたら、彼が私の手を取った。

驚いて顔を上げれば、隠すことなく男の色香を溢れさせた瞳が私を見つめている。

口の端をニッとつり上げ、初めて見る笑い方をした彼は、低く響く魅力的な声で言う。

「悪いが、俺は君が思うほど誠実な男じゃない。葵さんが俺でもいいと言うのなら、もう遠慮はしない。君をもらう」

掴まれていた手を強く引っ張られて、「あっ！」と声を上げた直後に、唇が重なった。

逃がさないと言うように、私の腰と後頭部をしっかりと押さえ、キスはすぐに濃く深い交わりとなる。

急に強引なことをする彼に驚きつつも、恋の成就に歓喜して、キスに夢中になった。合わせた唇の隙間に、「んっ」と甘い声を漏らせば、そのままソファに押し倒され、唇を離される。

至近距離にある彼の瞳は、情熱的に艶めいている。

五十嵐さんは、こんな顔もするんだ……。

ストッパーを外したのは私だけど、欲望に正直に、こんなにも激しく求めてくれるとは思わなかった。

拳ひとつ分上にある濡れた唇から、熱い吐息とともに、私を喜ばせる言葉が降ってくる。

「今日から葵は、俺の恋人だ。逃がさないから覚悟して」

「は、はい……んっ」

名前を呼び捨てにされるのも、蠱惑《こわく》的な笑みや交わる舌の温もりも、全てにゾクゾクして、私の体中に甘い疼《うず》きが走る。

もしかして、このまま抱かれることになるのかな……。

早い気もするけれど、求められているのが嬉しくて嫌だとは思わない。こういうのは随分と久しぶりのことで、少し怖くもあるが、彼に身を任せて愛されたいと熱くなる。

服を捲り上げられて、下着をあらわにされた。

胸の膨らみの上部に口づけられた私は、「ああっ」と甘く呻《うめ》く。彼の器用な指先は強弱をつけて内腿を這い上がり、少しくすぐったいような快感にたまらず身をよじった。

半裸にされて、恋にどっぷりと溺れていた、その時……「おとうしゃん、おしっこ！」という陸くんの大きな声が寝室から聞こえてきた。

一瞬にして甘い空気は消え、私たちは顔を見合わせる。

「ごめん！」と謝った彼は、すぐさま身を起こして寝室へと走っていった。

ゆっくり起き上がった私は、深呼吸して心を落ちつかせつつ乱された服を整える。

開け放たれたリビングのドアから、ベッドランプの明かりの漏れる寝室がチラリと見え、「間に合わなかったか。陸、着替えよう」と優しく促す五十嵐さんの声が聞こえた。

「おとうしゃんも、おねしょ？」と陸くんが聞いたのは、五十嵐さんが上半身に服を着ていないせいだろう。

私のあちこちに口づけながら、彼も上だけ服を脱ぎ、逞しい筋肉をさらしていたのだ。

「違うよ。これは……コーヒーをこぼしたから、着替えようとしてたんだ」

苦し紛れの言い訳が聞こえてきて、私はプッと吹き出してしまう。

最後まで抱かれることができなかったのは少し残念だけど、こういうのは悪くない。

可愛い陸くんのすることなら、笑って全てを受け入れてしまえる。

おねしょの対処の仕方、教えてもらおうかな……。

そう思った私はリビングを出て、ふたりのいる寝室へと向かった。


交際をスタートさせてから半月ほどが過ぎ、今日は日曜日。

私のシフトは今日が休みで、明日が日勤である。

今晩は彼の家に泊まって、明日はここから出勤する予定でいた。

「俊人さん、陸くん寝ましたよ。あんなに寝ないと駄々っ子してたのに、コテンと夢の中なんて、可愛いですね」

〝俊人〟というのは、五十嵐さんの名前である。

最初は口にするたび照れまくっていた私であったけれど、今はすっかり定着し、そう呼ぶ方が自然に感じている。

二十一時過ぎのリビングにはコーヒーの香りが漂い、ここからは大人の時間だ。

「寝かしつけ、ありがとう。葵、おいで」

ソファから甘い声で私を呼ぶ、俊人さん。それにはまだ慣れていない。

なかなかふたりきりの時間を確保しにくい私たちなので、彼に最後まで抱いてもらったのは、一度だけである。

初々しい胸の高鳴りを感じつつ、抱き合えることを期待して彼に近づいていけば、どこからかスマホのバイブ音が聞こえた。

俊人さんがハッとした顔で立ち上がり、「仕事用の携帯に電話だ」と早口で説明すると、テレビボード上で充電中であったそれを手に取った。

「五十嵐です」

通話に出た彼は、険しい顔をして相手の用件を聞いている。

邪魔をしてはいけないと思った私は、そっとリビングを出て洗面所へ。

歯磨きしておこうかな……そう思った理由は、この後、電話を終えた彼にキスしてもらえることを期待しているからであった。

私って、結構エッチかも……。

モコモコした生地のルームウェアを着た自分と鏡で目を合わせ、頬を染めていたら……「葵」と、洗面所のドア口に俊人さんが突然、顔を覗かせた。

「ひゃっ！」と驚いた私は、慌てて緩んだ顔を引き締める。

なにをニヤニヤしていたのかと指摘されることを心配したのだが、彼はそれに触れることはなく、「頼みがあるんだ」と深刻そうな顔をして言った。

「はい、なんですか？」

先ほどの電話は、職場からの緊急呼び出しであったそうだ。

これから急いで行かなければならず、こういうことはたまにあるみたい。

その場合を考え、いつでも来てもらえるベビーシッターと契約しているそうだが、あいにく今夜は連絡が取れなかったらしい。

俊人さんは、早口で説明する。

「おそらく今夜は帰れず、そのまま明日の勤務に入らなければならない。すまないが、葵に陸を頼みたい。朝、起こして、朝食を食べさせ、君の出勤前に保育園に送っていってもらいたいんだ」

職場からの連絡は、よほど一大事であったのか、彼は焦りを顔に浮かべつつも、申し訳なさそうに私に頼んだ。どうやら私にとって迷惑事のように感じている様子だが、そんなことはない。

むしろ彼の役に立てることが嬉しくて、「任せてください！」と私は張り切った。

ホッとした笑みを浮かべて「ありがとう」とお礼を言った彼は、それから手早く着替えて仕事用の鞄を手に、家を飛び出していった。

玄関の上り口に佇む私は、閉められたドアを見て目を瞬かせる。

いってらっしゃいと言う暇もなかった……。

それを少々残念に思いつつ、あんなに慌てて、一体、彼の職場でなにがあったのかと首を捻る。

そういえば私、俊人さんの職業をまだ聞いていない……。

私とは違い、彼は基本的に平日勤務だ。職場は三か所を掛け持ちで、近々、一か所増えるという話を、以前していた覚えがある。

そこに、夜間、急に呼び出されることもあるという情報を書き加えた。

ヒントは色々あっても、それがどのような仕事なのか、私には思いつかない。

腕組みをして「うーん」と唸っていたが、次に会った時に聞いてみようと結論を出し、考えることを諦めた。私は彼女なのだから、聞くことに遠慮はいらないはずである。

リビングに戻ると、俊人さんの部屋着が床に脱ぎ捨てられていた。

彼は掃除をまめにするし、手先がとても器用で料理も上手だ。家事を完璧にこなせる男性なので、床に彼の物が散らかっているのをこれまで目にしたことがない。

珍しく落ちている部屋着を拾ってたたむ私は、彼のフォローができることに嬉しくなる。「もう、仕方ないんだから……」と呟いて、新妻気分で頬を緩めていた。


朝が来て、私は陸くんを保育所まで送ってから出勤した。

申し送りの前に、今日の受け持ち患者の情報収集をしているところである。

消化器外科は入退院が頻繁で、術後間もない患者は一日で状態がかなり変わる。

申し送りの前にカルテやその日のケア、処置予定を確認しておくことは、スムーズに仕事に入るために大切なことだ。

当院では全ての病棟が電子カルテになっていて、看護記録もパソコン入力である。

ナースステーションをぐるりと半周、囲うように設置されているカウンターテーブルに向かう私は、貸与されているノートパソコンを開いて、受け持ち患者の情報を読み込んでいた。

すると、誰かが私の隣の椅子に腰を下ろした。

「葵、おはよ」と声をかけてくれたのは、同期で同じチームの由香里である。

「おはよ」と笑顔で応えつつも、私は心に、わずかなわだかまりを感じていた。

中華料理店で子持ち男性との恋愛に否定的な意見を言われて以降も、普通に仲良くしているけれど、悔しさのようなモヤモヤした感情が消えてくれない。

彼と交際を始めたことは一応報告したが、『そっか。良かったね』と淡白な返しをされただけで、詳細を求められなかったというのもモヤモヤの原因かもしれない。

やめた方がいいのに……という由香里の心の声が、聞こえた気がしたのだ。

お互いに喧嘩したくないと思っているからか、俊人さんと陸くんについての話題は、なんとなく避けている状況であった。

由香里も私と同じようにノートパソコンを開いたが、画面を見ずに「ねぇ」と弾んだ声で話しかけてくる。

「新しい先生、今日からだよね」

「あー、非常勤の先生ね。そういえば、そうだった」

「なにその、どうでもいいって感じの反応。看護師長がね、独身のイケメンだって言ってたよ。超有能で、そのスペック。期待しちゃう！」

由香里は彼氏持ちなのに、もしや、その医師を狙っているのだろうか……。

私はどんなにかっこいい医師が現れても、心は少しもぐらつかない自信がある。

この世に俊人さんほど素敵な男性はいないと、現在進行形の恋愛に、どっぷりのめり込んでいるためだ。

由香里が楽しみにしているその非常勤医師は、三十代の若さで難易度が最上級という特殊手術ができるらしく、あちこちの病院で引っ張り凧《だこ》なのだそう。

複数の病院を掛け持ちで勤務するというハードなことをしている理由は、自分の技術を他の多くの外科医に教えたいという目的があるのだと、以前、看護師長に聞いた。

志《こころざし》の高い立派な医師のようだが、私は由香里のように、恋愛対象として興味を持つことはない。しかし、これから月に数回は一緒に勤務することになるだろうし、もう少し関心を持たなければならないのかもしれない。

そう思い、「新しい先生の名前、なんだっけ？」と尋ねれば、由香里に呆れた目を向けられた。

「名前さえ覚えてないって……興味なさすぎでしょう。あのね、新しい先生は――」

その名を教えてもらう前に、「朝礼を始めますよ」という看護師長の声が聞こえた。

ナースステーションには三チームの看護師二十名ほどと、三人の医師が集合している。

看護師の申し送りの前に、消化器外科病棟全体としての朝礼がある。それは主に入退院と手術予定の患者の確認で、ほんの二、三分で済むものである。

けれども今日は、いつもより少々時間がかかると思われた。

「先に新しい先生の紹介をしますね」と師長が言うと、途端に看護師たちがソワソワし始める。

朝礼は全員起立で、私もカウンターテーブルの前に由香里と並んで立っている。

皆がナースステーションの入口に注目する中、「どうぞ」と師長が声をかけると、白衣姿の長身の医師が入ってきた。

「う、嘘……」

思わずそう呟いてしまったのは、その医師が俊人さんであったからだ。

外科医だったの!?と驚くと同時に、昨夜、彼の職業について疑問に思ったことが、頭の中で次々と符合していった。

数か所の職場を掛け持ちしているというのは、あちこちの病院で手術を担当しているということだったみたい。

緊急でない限り、大抵の病院は土日に手術を行わない。彼が平日勤務なのは、そのためであろう。

　昨夜、突然呼び出しの電話があったのは、術後の患者の容態が急変し、緊急的な再手術が必要となった、といったところだろうか。

　俊人さんが当直勤務をしていないのは、子育て中ということで、各病院に配慮してもらっているためかもしれない。

　看護師たちは端整な顔立ちの彼を見てざわつき、由香里も興奮気味にヒソヒソと、私に話しかけてきた。

「噂通りのいい男だね。彼女いるかな？　いるよねきっと。それでも私、頑張ってみようかな～」

　それを私が無視してしまったのは、まだ驚きの中にいるせいである。

　俊人さん……同じ病院で勤務するって、前もって教えてよ。それとも、私を驚かせようとして、黙ってたんですか……？

　ステーション内の中央付近に立つ、看護師長の方へ、俊人さんは歩いていく。

　その横顔を見つめつつ、心の中で問いかけていた私であったが、どうやら驚かせようとしたわけではないようである。

　彼は医師用デスクの前に立っている外科医長に会釈してから、看護師長の隣に立ち、ステーション内全体に視線を流した。そして私を見つけると、目を見開いている。

「え?」と驚きの声も漏らしていて、彼の方としても、私がここに勤務していることを知らなかったようである。

そういえば私も看護師であるということ以外、仕事の話をしていなかったかも……。

四メートルほどの距離を置いて見つめ合い、お互いに驚きの中にいる私たち。

彼を紹介しようとしていた看護師長が、それに気づいて、「お知り合いでしたか?」

と俊人さんに問いかけた。

ハッと我に返った様子の彼が、みんなにも聞こえる声ではっきりと言う。

「交際中の女性が、ここにいたので驚きました。高森葵さんです。看護師だというの
は知っていましたが、勤務先まで聞いていなかった」

と、俊人さん……。

少しも隠さずにそう言って、私に微笑みかけた彼に胸が高鳴った。

私たちが恋人関係であることを、職場に知られるのは恥ずかしくもあるが、秘密に
されるより話してもらえた方が嬉しい。

消化器外科は特に忙しく、体力勝負の面があるため、二十代の若い看護師が多い。

私よりも可愛い子がたくさんいるけれど、私以外の女性を恋愛対象にする気はない
と、彼が公言してくれたような気がして喜んでいた。

「嘘、そうなの⁉」

「葵ちゃんと？」

声を潜めない驚きの会話があちこちで交わされている。

医長には、「高森さん、大物ゲットしたな～」と冷やかされてしまった。

耳まで火照らせてヘラヘラ笑うしかない私に、由香里が耳元で囁く。

「葵、ごめんね。不良物件と言ったこと訂正させて。子供がいたって構わない。五十嵐先生は、超優良物件だよ。羨ましい……」

「もう、物件なんて言わないで。言っておくけど外科医だから交際したんじゃないよ。彼の職業、知らなかったんだから。そういうのは関係なく、私は俊人さんが好きなの」

由香里に文句を返しつつも、私の頬は綻んでいる。

俊人さんが素敵な人だとわかってもらえたことが、嬉しかった。


朝礼と申し送りが終われば、もう浮かれることはできない。

緊張感を持って忙しく病棟内を動き回り、あっという間に時刻は十五時になった。

明日、手術を控えた患者の術前指導を終えた私が、ナースステーションに戻ろうと廊下を歩いていたら、病室から出てきた俊人さんと鉢合わせた。

彼は午前と午後、二件の手術を終わらせたところだ。一件目の患者はすでに病棟に戻ってきており、診察していたのだと思われた。

恋人とはいえ病棟内で親しげにするわけにいかないので、「五十嵐先生、お疲れ様です」と会釈して、彼の脇をすり抜けようとする。

すると、腕を掴まれ引き止められた。

「先生、なにか……？」と目を瞬かせれば、微かに顔をしかめた彼に、「随分とよそよそしいな」と文句を言われた。

「で、でも、仕事中ですし……」

すぐ横にはカンファレンス室と書かれた白いドアがある。空室の札を使用中に切り替えた彼は、私の腕を引っ張るようにして中に連れ込み、ドアを閉めた。

戸惑う私が「俊人さん、どうしたんですか？」と問いかければ、彼はホッとしたように表情を緩めて息を吐いた。

「よかった。名前で呼んでくれた。俺たちの関係を明かしたことで、葵を不機嫌にさせたかと心配していたんだ」

なぜ、そんな心配を？　私、ふくれっ面《つら》をしていたかな……。

嬉し恥ずかしの朝礼後は、顔がだらしなく緩まないよう意識して頬に力を入れていた。

それが、不機嫌そうに見えた原因かもしれない。

慌ててそれを弁明し、交際関係を知られてよかったと思っていることを伝えた。

「他の看護師たちに、俊人さんを狙われる心配がなくなって助かります」

照れ笑いしてそう話せば、腕組みをした彼が、「俺は心配を拭えないが」と真顔で言う。

「え？」

「この病院、若い医師が多いんだな。消化器外科も、独身者がふたりいる。葵に手を出さないよう、メスを刺しておくか」

「俊人さん、それを言うなら、釘です……」

私はモテないからそんな心配は無用なのに、どうやら彼の目には、随分といい女に映っているようだ。

プッと吹き出して笑えば、彼も眉間の皺を解いて微笑んでくれる。

かと思ったら、強引に抱き寄せられ、唇が重なり……。

俊人さん、仕事中ですよ……。

その意識はもちろん彼にもあるようで、キスは軽いもので終わり、体を離される。

「今夜もうちにおいで。陸が寝たら、続きをしよう」

色気を含めた声でそう言って私の顔を火照らせた彼は、クスリと笑うと、ドアを開けて先に出ていった。

ひとりになった私は、高鳴る鼓動が苦しくて白衣の胸元を握りしめる。

「もう、大好き。絶対に結婚する！」

独り言の決意を述べれば、溶けてしまいそうに頬が緩む。

陸くんと三人で過ごす夜を想像し、甘くて温かな幸せに浸っていた。

END

王子様の溺愛

砂川雨路

Aisare mama

Anthology

窓からのぞけば下の大通りにはバスが走っている。マンション五階の部屋からでもよく見える。

私はダイニングテーブルにセットした食器を眺めて、革のソファに腰を下ろした。

エアコンが効きすぎて少し寒い。足元が冷えるとお腹が張るのだ。

設定温度を上げ、寝室からショート丈のレッグウォーマーを持ってきた。

冷えには足首を温めるといいと聞いたことがある。

二十二時、理人《りひと》はまだ帰ってこない。そもそも毎日の帰宅が遅いのだ。

国内トップの医療機器メーカーに勤める理人は、営業部のエースだそうだ。同期では一番の成績で、おそらく五年以内になんらかの役職をもらえるだろうと社内では噂《うわさ》されているらしい。

〝らしい〟というのは、その話を聞いたのが人づてだからだ。

五年以内って三十歳で？　それはちょっと盛りすぎじゃない？と思ってしまう私がいる。

ともかく、理人は毎日仕事に励んでいて、帰宅が日付をまたぐ日も多い。

私はたいてい、こうして理人の帰りを待っている。

今夜の夕食は冷製スパゲッティの予定だ。夕食はなるべく一緒に食べるようにしている。本当は十八時くらいに食べた方がいいと医者には忠告された。遅い時間に食べると脂肪になりやすいんだってさ。ダイエットの常識みたいな話だけど、実際医者に言われると納得してしまう。

今、私はこれ以上太るわけにはいかない。

ソファに背を預け、私はお腹を撫《な》でた。

ぽこっと膨らんできたお腹はすでに普通のジーンズなどは入らないサイズ。

妊娠七カ月、正確には二十六週目。

これが現在の私、都坂直《とさかなお》の状況。

夫・都坂理人と結婚して、ちょうど一カ月と少しだ。


「ただいま」

理人は二十二時半に帰宅した。

いつもの〝帰ります〟メッセージが入ってから、三十分ちょっとだ。

「おかえり。すぐに夕飯の準備する」

暑い中帰ってきただろうに、理人のシャツはぱりっとしていて、髪はさらさら。彼はいつもこうなのだ。普通に生きているだけでスマート。まるで別の世界の人みたいにナチュラルに生活感がない。

「ありがとう、でも俺は少しでいいよ」

理人の言葉に、私はつい『なんでよ』という目で見返してしまう。

「お腹空いてない?」

「昼が遅かったんだ。お腹は減ってきてるんだけど、そんなにたくさんは入らないかな」

「わかった」

それなら、夕方にでも夕飯はいらないと言ってくれればいいのに。

私は心の中で、そっと思う。

理人はきっと私に気を使って、無理して夕飯を食べようとしている。いらないと言ってくれた方が合理的なのに。

「直」

スパゲッティを一人前半ゆでている私に、理人が声をかけた。

「体調きつくないか？　毎日俺が帰ってくるまで起きて待ってなくていいから」

「まだそんなに遅くないでしょ。別に平気」

「でも、大事な時期だし」

「眠い日は待たずに眠るから安心して」

気を使い合ったやりとりを面倒くさく思っていたら、口調に表れてしまった。まずいまずい。素っ気ない言い方はよくない。

ごまかすように、振り向いてにまっと笑顔を作る。すると、理人がふわっと百点満点の笑顔を返してくれた。

さすが、元・余川橋《よかわばし》高校の王子様。一日の終わりの笑顔も爽《さわ》やかだ。

「直の体調を優先で頼むよ」

ありがとう、と私は口の中でぼそりと答えた。

王子様は〝元〟だろうが〝現〟だろうが私には眩《まぶ》しすぎる存在。

夕食はふたりで世間話をしながら済ませた。

テレビで見た時事ニュース、明日の天気、来週の検診の話。

理人は半人前のパスタを美味しい美味しいと食べてくれた。サラダもスープも平らげてくれた。

なんとも平和な夕食。いつもこうなのだ。ただただ漫然と平和なだけ。

先にシャワーを浴びていた私は、理人の入浴中に寝る仕度をして寝室に引っ込んだ。クイーンサイズのダブルベッドは広々としていて、夫婦という単語にハテナマークのつきそうな私たちも互いを侵害せずに眠ることができる。

私は自分用のタオルケットと綿毛布をかぶり、エアコンの温度を確認して眠りについた。

明日も私は理人の朝食を準備する。会社へ送り出し、家事をして散歩がてらに買い物に行く。夕方からドラマの再放送を見て、夕食を作る。そして理人の帰りを待つ。お腹の子どもと一緒に。

この穏やかな毎日は、連綿と繰り返されるのだろう。赤ちゃんが産まれても、不自然すぎるくらい自然に続いていく。

なんで私は都坂理人と結婚することになったのだろう。完全に住む世界の違う王子様だった理人と。

どうして私は理人の子どもを産むんだろう。

今年の一月、私はちょっとした人生の岐路《きろ》に立っていた。年末に職を失ったのだ。大卒で入社し、二年半それなりに一生懸命勤め上げた小さな商社が、呆気《あっけ》なく倒産。あまりに急なことで驚くくらいしかできなかった。

少ない退職金をもらい、狭いオフィスを整理して、仕事納めの日にみんなでしんみりとしたお別れ会をして、私の会社員生活は終わった。

直ちゃんはまだ若いから大丈夫、次が見つかるよ、とだいぶ年上の先輩たちに励まされたものの、すぐに条件のいい会社は見つからない。じっくり転職活動してくれていいという両親にも申し訳なく、ひとまず派遣会社を通して建設会社事務員のパートに就いた。

いつまでも無職でいられない理由は、金銭面というより家族の方が大きい。私が失職したことを遠方に住む三人の兄が心配し、誰が私を引き取って面倒見るかという話し合いをしていると聞いたのだ。

一刻も早く自活できるところを見せないと過保護な兄たちは暴走する。シアトルに住む長男、福岡に住む次男、北海道に住む三男、それぞれが唯一の妹である私を溺愛しているのだ。

愛情はありがたいんだけど、全員が腕っぷしと思い込みの強い脳みそ筋肉タイプのメンズなので、言いだしたら聞かないところがある。

そんなわけで一月の終わり頃の私は、始めたばかりの事務のパートと転職活動で、精神的にちょっと疲れていた。思いもよらない環境の変化だったんだもの。

高校時代の友人・貴美子《きみこ》に誘われて行った飲み会も、単純に気分転換だった。なんでもここ数年、母校・余川橋高校の一部のメンバーで同窓飲み会をやってるらしい。楽しかった高校時代を思い出し、旧交を温めるってわけじゃないけど、当時の友人たちに会いたくなった。

高校のあった中野《なかの》駅近くの居酒屋で開催された飲み会には、懐かしい顔ぶれが何人もいた。

私はというと、とりあえず着ておけくらいのノリでニットのワンピースを身につけ、ミディアムレングスの髪はワックスでくしゃくしゃクセをつけただけの手抜きなファッションで参加した。

総勢二十名の大規模な飲み会だ。同じ学年という共通点以外はないので、仲良くしていたのに卒業以来連絡をとっていない友人もいれば、顔と名前がまったく一致しない人もいた。久しぶり、の声かけにテンションはどんどん上がる。

輪に入って飲むうちに気づいた。当時、大人気だった男の子が奥の席にいるのだ。

都坂理人。余川橋高校の王子様とあだ名されていた男子だ。

会社帰りなのかグレーのスーツ姿だった。高校のブレザー姿しか知らない私にとって、スーツ姿の彼は新鮮で、さらに大人びて見えた。私も彼も大人なのだから変な話だけど。

彼は、当時の友人たちと楽しそうに談笑している。

アイドル並みに整った顔立ちは、女子ウケしそうな爽やかな笑顔をいつもたたえていて、物腰は柔らかく誰にでも優しい。成績優秀で生徒会では副会長、運動神経もばっちりで、バレー部に在籍していた……。とにかく絵に描いたような王子様。

私はというと、ごくごく一般的な、なんの特徴もない漫画のモブキャラにいそうな女子生徒だった。

しいて言うなら一年時は二年に三男、三年に次男の兄がいて、シスコン兄たちがちょくちょく私の様子を見に来ていたから、『おっかないお兄ちゃんがいる女子』って目で見られていたと思う。

長男は剣道、次男は柔道、三男は合気道の有段者だ。絶妙な虫よけ効果で、私は高校三年間、まったく男の子と縁がなかった。これは本当に恨んでいる。

そんな私と理人は三年間同じクラスだったということしか接点がない。だから、トイレから戻ってきた私と、電話を終えて戻った理人が隣同士の席に座ったのは、まったく偶然だった。

『葉山《はやま》さん、久しぶり』

テーブルについた理人は店員を呼び、自分の生ビールと私のレモンサワーを注文し直してくれた。

私たちがそれぞれいた席はすでに別の誰かで埋まっている。飲み会も時間が過ぎればこのくらい乱雑になってくるものだから、そのこと自体は気にしていない。

でも、理人はここに腰を据えて私とお酒を飲む気なんだと、ちょっとだけ嬉しい気持ちになった。彼は同じクラスで何度か日直を一緒にやったことのある女子を覚えていてくれたのだ。

『都坂くん、雰囲気変わってないね』

『そう？　高校の頃と精神年齢変わってないからかなあ』

〝変わらない〟は男性には褒め言葉ではないのだ。慌てて執り成す言葉を選ぶ。

『相変わらず王子様オーラすごいってこと』

そう、理人はほんの少し前まで女子に囲まれていた。群がる女子たちにも分け隔てなく接し、笑顔を絶やさない理人はまさに王子様そのもの。

そんな男子が、今なぜか隣にいる。不思議と他の女子からの横やりも入らない。大勢の中でふたりきりだ。

私もほろ酔いのいい気分だから、違和感よりおもしろさを覚えてしまった。

『葉山さんは綺麗になった。高校時代はかわいかったけれど、今は綺麗だ』

さらりと褒め言葉が出てきた。

さすが王子様。慣れてらっしゃるわあ。

私はへらへら笑って答えた。

『そんなこと、誰も言ってくれないよ。都坂くん、上手だなあ』

『本気で言ってるよ。ところで、最近はどう？　何系の仕事に就いてるの？』

仕事の話を振られ、酔いも手伝って、私は失職と就職活動中の話をしてしまった。

もちろん、しんみりされても困ると思うので、おもしろおかしく伝えたんだけどね。

私って、そういうところがある。気が小さいせいか、私のために重い雰囲気になるのが嫌で、とりあえず笑いに持っていってしまう。

理人は最後までうんうんと熱心に聞いてくれ、それから『大変だったねえ』と深く息をついた。

『うちの会社の人事に聞いてみようか？　契約社員スタートになっちゃうかもしれな

いけど、事務ができる女性なら採用してくれるかも』

思わぬ提案に慌てて首を振る。まさかそこまで真剣に聞いてくれているとは思わなかったのだ。

『大丈夫大丈夫、都坂くんって本当にいい人だね。普通、久しぶりに会った同級生のためにそこまでできないよ～』

理人は困ったように笑って言った。

『葉山さんの力になれたらって思っただけだよ』

軽く言う理人は、きっと誰にでもこういう親切ができるタイプなのだ。理人が人気だったのは、見た目だけじゃない。分け隔てなく紳士的で優しいからだった。

部活で孤立した後輩を立ち直らせたり、つわりがひどかった女性担任の雑務を手伝い、学年主任に休みを要求したり……都坂理人には逸話がたくさんあった。彼は博愛の人なのだ。

私たちはそれから何杯もお酒を飲んだ。三時間の飲み放題をいいことにふたりで日本酒を傾け、いろんな話をした。

理人が高校時代の思い出をいくつも話してくれる。同じクラスだったのでそういった意味では共通の話題は多い。私は学年の王子様を独占し、ずっとふたりきりでしゃべり続けた。

ほとんど全員がしたたかに酔い、時間オーバーで居酒屋からぞろぞろと追い出された私たちは、中野駅に向かってぶらぶらと歩きだした。ロータリーの辺りで座り込んでしまっている一群や、二次会だとまとまるグループ、カラオケに行こうと言いだすグループ。このあたりでてんでバラバラになってきている。

私は貴美子と一緒に駅へ向かった。妙な充実感で頬が緩む。

彼氏が迎えに来るという貴美子を改札で見送り、バスで帰ろうかと踵《きびす》を返した。

『葉山さん』

中野サンプラザを背景に理人が立っていた。

てっきりどこかのグループに混じって夜の街に消えたと思っていたのに、なんでひとりで私と向かい合ってるの？

『あのさ、どこかで飲み直さない？』

『……ふたりで？』

理人は頷いた。

私はそこそこに酔っていた。人並みに飲めるつもりだったけれど、理人との話がおもしろくてついつい日本酒が進んだせいだ。

その理人が飲み直そうと言っている。正直、もうお酒はいいやと思いながらも、悪い気分はしなかった。むしろ嬉しくてにやけてしまいそうになった。

わざわざ改札前まで追いかけてきてくれたってことは、彼もさっきまでふたりで話していた瞬間が楽しかったに違いない。

『いいよ』

『本当？』

理人が子どもみたいに表情を輝かせたのを覚えている。それがかわいいなって思ったのも覚えている。

『お酒もいいけど、少しお腹空いちゃった。ごはんも食べられるところに行きたいな』

『俺もそう思ってた。さっきの店、みんなあんまり食べ物頼まなかったもんね』

ふたりで笑い合いながら肉料理メインのバルに向かった。

しかし、そこから先の記憶が曖昧《あいまい》なのだ。

とにかく笑った。ふたりで楽しく話した。

ふわふわくるくるの視界で、理人にささやかれたのが最後の記憶。

『どこか泊まろうか』

彼氏なんていたためしがない私にも、それがそういった誘いであることはわかった。

王子様はこういうことも手際がいいんだなあなんて感心しながら、嫌な気分にはならなかった。

もう二十五歳。処女は後生大事にしなくてもいい。

そこからは全部断片しか覚えていない。私は理人と関係を持った。

初めて触れた理人の肌が熱を帯びていたこと、身体中にされたキスが心地よかったことが、数少ない初体験の思い出だ。

抱き合いながら理人が何度かささやいた。『好きだよ』って。これはもしかすると夢だったのかもしれない。現実でも、いわゆるリップサービスってやつだろう。

翌朝、壮絶な二日酔いとともに目覚め、そこがホテルであることに震えた。

あの都坂理人が私にインスタントコーヒーを淹《い》れていた衝撃ときたら……。

理人も私も恥ずかしくて気まずくてろくにしゃべれず、ふたりでコーヒーを飲んだ。

『また、連絡してもいい?』

別れ際に理人がおずおずと聞いてきたときも、頷くばかりだった。

メッセージアプリのＩＤはどこかのタイミングで交換していたようだ。覚えてないけれど。

それから一カ月経っても理人から連絡は来なかった。

私は変わらず事務を続け、たまにハローワークへ行って求人を探す日々だった。

連絡が来ないことを気にしてはいけない。相手は忙しいエリート営業マンだ。

というか、都坂理人にとってああいうことは日常茶飯事なのかもしれない。さぞモテるであろう王子様と運命のいたずらで寝てしまったからといって、それで付き合ってると思うのは勘違いも甚《はなは》だしい。

そもそも付き合おうなんて言われていないし。

あれは、きっと大人の遊びの範疇《はんちゅう》だったのだ。そうだとしたら、私はラッキーって思った方がいいのかな。最高にカッコいい王子様と初めての体験ができたんだから。

酔っていて百パーセントは覚えてないのが悔やまれるけど。

ああ、でも私から連絡したらなにか変わるのだろうか。別世界の人だと思っていた彼に最接近できたんだもの。これをきっかけに……いやいや思いあがっちゃいけない。

心の隅に引っかかるというより、心のど真ん中にモヤモヤを残したまま、ふた月と少し経った。

おかしいと気づいたのは、その頃だ。

四月に入り、自分の生理がふた月以上も止まっていると気づいたのだ。

もともと生理不順な方で、何カ月か来なかったり、二週間しか間を置かずに来たりしていたからあまり気にしていなかった。しかし二カ月来ていない時点で私の心はざわめきだした。

今回は人生で初めて、〝心当たり〟がある状態だ。あの日、避妊をしたかどうかすら覚えていないのだから情けない。

恐怖におののきながら自宅のトイレで試した妊娠検査薬……反応は陽性だった。

嘘でしょう、信じられない。たった一度の出来事でこんなことになるなんて。

翌日には派遣先の会社を休んで産婦人科を受診した。医師から告げられたのは〝妊娠十三週目〟という事実だった。

エコーにはすでに頭と身体と手足に分かれた赤ちゃんが写っている。

『つわりがなかったのと、生理不順で気づくのが遅れたんですね』

医師はあっさりと言った。

私は画面の中でぴくぴく動くその〝生物〟から目が離せずにいる。

エコー写真をもらって、別室で診察を受けたけれど、自分がすでに妊娠四カ月に入っていることに泣きそうな気持ちになった。

『もし、中絶ならけっこう経っちゃってるからねえ。中期中絶は人工的に陣痛を起こして分娩する形になりますよ』

分娩……それは胎児を殺すために産むってことだ。

中年の先生の事務的な説明を聞きながら、私は愕然《がくぜん》とした。

お腹の中に赤ん坊が入っている。疑いようもない。この目で確認してしまった。

そしてこの命を生かすも殺すも私ひとりに委ねられている。

『中絶手術、確認書に相手のサインがいるからね。まあ場合によっては無記名でもいいんだけど』

医師から手渡された確認書を見て、私はようやく相手のことを思い出した。

子どもの父親、理人のことだ。

混乱した頭を抱え、病院を出た私は、その場で理人にメッセージを送っていた。

自分からはするまいと思っていた連絡だけど、抜き差しならない状況でそんなことも言っていられない。

【今夜少し会えない？】

送ったメッセージはすぐに既読がついた。

【十八時には仕事を上がれるよ。会おう】

彼の職場は麻布《あざぶ》。病院からまっすぐ向かった。

まだ十五時だったので、コーヒーショップを転々として時間を潰す。文庫本もSNSも頭に入らなかった。

ありとあらゆることを考えた。やはり、彼には言わない方がいいかもしれない。たった一度、流れで寝ちゃった相手から子どもができたなんて言われてもたまらないだろう。堕《お》ろしてほしいと言われるために会いに行くなんてつらい。

彼は一流企業のエース営業マン。きっと堕胎の資金は簡単に出してくれる。

だけど、そのお金をもらって私は果たしてお腹の命を消すことができるだろうか。しかも、手術してもらうんじゃない。殺すために自ら産むのだ。

気づくとお腹を触っている自分がいた。

かわいそうに。私みたいな人間のお腹に来ちゃって。この子はいらないからって生きる権利を奪われてしまうの？

それなら産む？　私が産んでひとりで育てる？　そんなことできる？

シングルマザーを選ぶことで両親に追い出されたらどうしよう。パート社員で妊娠中……誰が私を助けてくれるだろう。

そうだ、困窮した母子を助けてくれる施設があると聞いたことがある。出産までサポートしてくれて、その後、住居や仕事が決まるまで面倒を見てくれるって。

でもテレビとかで見た話だし、誰でも利用できるとは限らないんじゃないだろうか。

調べてみなきゃと、スマホで検索をかけ、愕然としてブラウザを閉じた。

私はもう産むために頭を働かせている。この子を生かす道を探している。

取り返しのつかないことでどうしようもなく怖いけれど、それでも産みたいのだ。

しかし、彼はそれを許しはしないだろう。彼の順風満帆な人生にケチをつけるような存在を認めてはくれないだろう。

それならば、やはり会わずに帰ってしまおうか。黙って産んで、彼には関わらないで生きていこうか。


おそらく定時ぴったりに上がってきたのだろう。理人は私が指定したコーヒーショップの禁煙席に颯爽《さっそう》と現れた。二カ月半ぶりだった。

『久しぶり。声かけてくれて嬉しいよ』

女の子に優しい王子様は、最低限の礼儀として、寝たあと二カ月半も放置したことについて言い訳なんかしない。

そう、彼は私に興味があって寝たわけじゃない。だから、これから私の言うことに最高に困惑することは請け合いだ。

なんだか馬鹿らしい気持ちのまま、苦笑いをして私は言った。

『子どもができたの』

理人は手にしていたアメリカンコーヒーの大きなマグをテーブルに置いた。

驚いたような顔をしたのはほんの数秒。その後、彼は唇を開いた。

『葉山さんさえよければだけど、結婚しない?』

飲みに行かない?くらいあっさりした言い方だった。

目を剥《む》く私。理人は冗談を言っているわけではなさそうだ。こげ茶色の瞳がじっと私を射抜いている。

『一緒に子どもを育ててくれるって……こと?』

私が問い返すと、当たり前と言わんばかりに深く頷かれた。

『俺たちが親なんだろう? 一緒に育てられるなら、その方がいいんじゃない』

まあ、そうなんですけれど。そんなことで結婚相手を決めちゃっていいの?

彼のお嫁さんになりたい女子は、過去現在未来問わずたくさんいるはずだ。

『葉山さん、他に付き合ってるヤツいる? それならまずいよな』

『いないいない。私、男の人と付き合ったことないから……だからその』

お腹の子はあんたの子で確定なのよ、とは言えずに私は押し黙った。そんな釈明をしなくても、理人は欠片《かけら》も疑っていない様子だった。人間性が素直で明朗なのだろう。

『それならよかった。俺もずっと彼女とかいないから、大丈夫』

理人はほがらかに笑って言った。

『これからよろしくね。直』

ああ、この人、私の下の名前までちゃんと覚えてたんだ。

私は妙な感動をしながら、頷いた。

頭の中は大混乱だったけれど、気づけばお腹の赤ちゃんを生かす最良の道が見つかったと安心していた。

理人が味方になってくれるなら、少なくともこの子を落ち着いた環境で産めるだろう。

それから三カ月。双方の両親に挨拶だけし、ふたりで住む家を決め、家具をそろえた。婚姻届けを出し、母子手帳を都坂の苗字に変えた。うるさい兄たちには電話で知らせ、それぞれ新住所を記したハガキを送った。

実家近くでパートをしていた私はこれを機に辞め、理人のすすめで今は専業主婦をしている。赤ん坊が産まれるまで限定の仕事ってなかなかないし、理人は私が働きたくなるまで働かなくてもいいと言ってくれている。つくづく甲斐性《かいしょう》がある。

理人は優しい。こんな形で夫婦になった私を毎日気遣ってくれる。休みの日は掃除や料理を代わってくれる。本当にいい人なのだ。

「だけどそれだけ」

結婚一カ月、お腹の子は七カ月。私は天井を見てつぶやく。

エアコンの稼働音と、遠くで聞こえるシャワーの水音。私とお腹の子は、夜の寝室に浮かんでいる。ベッドの舟に乗って。

妙な孤独感はずっとつきまとっている。

正直言って、私には理人がよくわからない。彼がなにを考えているのか。彼はどうして私と生きる選択をしたのか。

他に選べる道はゼロじゃなかったのだ。それなのに、なぜ私とお腹の子を選んだのだろう。

彼はもしかして、人を愛するということがよくわかっていないのかもしれない。

大事にすることが愛情なのだと思っているのかもしれない。

だって、理人と結婚して私は不自由こそないけれど、心が通い合っていくような感覚はただの一度も覚えたことがないのだ。

関係を持った夜の方が、よほど彼と近づけたように思える。今の私たちは他人の距離なのだ。

ともに暮らしても、ダブルベッドで寝起きしても、私は理人のことがわからない。

抱き合うこともキスすることもない。ただ子どもの母親として大事にされている私。

理人にとって私はなに？ 理人の妻ってこういう役目なの？ 理人はなぜ、私と結婚したのだろう。

お腹の子は眠っているようで動かない。

舟の上で、私はあとを追うように目を閉じた。

理人が来る前に眠ってしまおう。

暑い日が続く七月の半ば、貴美子から電話がきた。

理人と再会するきっかけとなった飲み会に誘ってくれたのは貴美子だ。

『ごめんね、今大丈夫？』

時刻は二十一時。理人はまだ帰ってこない。今夜は終電になるかもと言っていた。

「大丈夫、暇してたから」

私は洗濯物をたたみながら話すため、スピーカーに切り替え、スタンドにスマホを立てかけた。

三十分ほど仕事の愚痴を語られた。プラスティック製品のメーカー勤務の貴美子は、どうも上司と合わないらしい。

ストレス解消の愚痴は今までもたくさん聞いてきたから、私も慣れたものだ。

『ホント、部下を守る気が全然ないのよ。保身ばっか！』

「そういう人、いるよね。早く異動になればいいのに」

貴美子に同意しながら、タオルをどんどんたたんでいく。自分の妊婦用のパンツを手に取り、しみじみ巨大なパンツだなと思う。お風呂で見る自分のお腹はすでにありえないくらい膨らんでいて、時々怖くも感じるのだ。

「私はお陰様で、平和な毎日。会社が倒産で失職とか、遠い記憶だわ。まだ一年も経っていないのにね」

『お腹の赤ちゃん、順調？』

貴美子は思い出したように言った。

「順調、順調。最近、蹴る力が強くなってきて痛いよ」

『男の子だっけ？』

「そう。先月の健診でしっかりついてるのが見えたよ」

『そっかあ』

妙な間があった。なんだろう。貴美子の名前を呼ぼうとしたら、先に尋ねられた。

『都坂くん……優しい？』

「……優しいよ。真綿でくるむみたいに扱われてる」

答えてから、皮肉っぽい言い方だったなあと思った。

理人は優しい。それは間違いない。ゆとりある生活と穏やかな態度で、私とお腹の子を守ってくれている。

だけど、彼の用意した真綿は分厚くて、なにも伝わってこないから、私には理人の本音がわからないままだ。

このままずっと夫婦をやっていくのかと思うと、少しだけ憂鬱な気分になる。

『そっか、それならいいんだ』

貴美子は明るく言って、ほどなくして通話は終わった。最後、ちょっと慌ただしかったなと、軽い違和感を覚える。

貴美子は私を飲み会に連れていったことに責任を感じているのかもしれない。まさか私が学校の王子様となにかあって、そのまま妊娠結婚と事が運ぶとは思いもよらなかっただろう。

「私だって、こんなことになるなんて」

たたんだ洗濯物を片付けていると、玄関に鍵が差し込まれる音が聞こえた。

「ただいま」

理人だ。遅くなると言っていたのに。それにいつも律儀《りちぎ》に送ってくる〝これから帰ります〟のメッセージが来ていない。

「おかえり」

玄関に迎えに出ると、ちょっと疲れた顔の理人。苦笑いしている。

「思ったより早く帰れたよ。連絡し損ねてごめん。バタバタしててさ」

なんとなく言い訳みたいに聞こえるな、と思ってしまった。なにを考えているんだろう、私ってば。

「ごめんね、夕食、用意してないや」

「いいんだよ。急に帰ってきたのは俺だし」

「なにか軽く作るね」

キッチンへ向かおうとする私の腕を掴み、理人が止める。

「のんびりしてて。自分でできるから」

にっこり微笑む理人は、私の身体を気遣っているんだと思う。他人行儀な気がしてしまうのはしょうがないことなのかもしれない。実際、付き合いもしないで結婚したのだ。相手のペースや行動に不一致を感じても仕方ないだろう。

理人は棚からカップ麺を出してきて、夕飯にしてしまった。サラダくらいなら作れるのに、これでいいとダイニングテーブルについて麺をすすっている。

くたびれた顔は、リビングの灯りでわずかに明るくは見えた。

私はそれをソファから観察している。

「仕事、すごく忙しいの?」

「まあまあ。大丈夫、直は心配しなくていいよ」

「うん」

私はソファに背中を預け、特に見たくもないテレビに視線を送った。

家事もすべて片付いてしまい、寝室に引っ込むにも早く、所在ないとはこの状態をいうのかと、変に納得する。

「直、謝りたいんだけど、次の土曜から月曜まで、泊まりがけで出張になっちゃったんだ。一緒にベビーカーと抱っこ紐《ひも》を見に行く予定だったのに。ごめん」

確かにそういう約束はしていたけれど、別にいい。なんとなく暗い気分で私は答えた。

「ベビーカーって産後に選ぶ人も多いみたいだし、急ぎじゃないから平気だよ」

「でも、週末ひとりにしちゃってごめんね」

「平気」

食べ終わった容器を片付けて、コーヒーを淹れてから、理人がリビングのソファにやってくる。

私の隣に腰かけるとおずおずと言うのだ。

「お腹、触ってもいいかな」

「いいよ」

嬉しそうに顔をほころばせる理人を見ると、彼はお腹の子に愛情を感じ始めているんだなとわかる。

そっと当てられた手が私のお腹をゆっくりと撫でる。さわさわされるとくすぐったい。

「もっとしっかり触らないと、胎動がわかんないよ」

「そう？　いいの？」

私は理人の手首を掴んで、今、赤ちゃんがぐるぐる動いている右の脇腹あたりに誘導する。

「あ、動いてる！」

「そのへん、すごく蹴られるんだ。痛い」

「力が強いんだなあ。やんちゃだなあ」

無邪気に喜ぶ理人を見れば、子どもを産むという選択は間違っていないのだと思える。理人は二十代半ばで父親になることを受け入れているし、むしろ喜びに感じているのだろう。

だけど、結婚相手は私でよかったんだろうか。なりゆきで私なんかと結婚して、彼は本当に後悔していないのだろうか。

「楽しみだね、直」

理人はどこまでも邪気のない笑顔を向けてくる。

私は彼の純粋な愛情が痛い。彼の愛情はいわゆる仁愛だ。博愛だ。生まれてくる我が子と、その母親に向けられる愛だ。

それは恋愛感情じゃない。

「サッカーとかやりたがるかなあ、やっぱり」

「どうだろうね」

「野球でも水泳でもいいから、なにかスポーツをやってほしいね」

「そうだね」

理人はその後しばらく嬉しそうにお腹を撫でていた。時折、お腹に向かって話しかけながら。


その週末、貴美子に呼び出されて私は渋谷《しぶや》に出かけていた。

午前中、マタニティ用のスポーツプログラムを行っている施設で、少し運動をした。体重増加に要注意のチェックが入ってしまったのだ。

帰り道に貴美子とランチしてたんじゃ、運動の効果は別として、消費カロリー分くらいはチャラになっちゃうなあと思いつつ。

人の多い土曜日の渋谷で、貴美子はランチの店を予約していてくれた。

ランチの場所を探してうろうろするの、嫌だものね。今日はけっこう暑いし。

路地に入ったところにあるイタリアンは人気店らしく、待っている人がたくさんいた。私たちは予約席に通される。

「ごめんね、急に」

「いいよ、毎日暇だもん」

普通の専業主婦はきっと毎日やることだらけなんだろうけれど、赤ん坊が産まれるのを待つだけの私は、のんびり日々の雑事をこなすだけだ。なにより、理人が作ってくれるぬるま湯のような家の空気が、私を暇に感じさせている。

注文を終え、冷たいアイスティーを先にいただいていると、貴美子が切り出した。

「この前、言おうと思って言えなかったことがあってさ」

なんだろう、不穏な始まりだ。上司と合わないから、仕事を辞める気になったのだろうか。私は聞く体勢で背筋を伸ばした。

「人づてに聞いただけだから、無責任なことを言いたくなくて。それで、私も確認に行ったんだけど」

「え？　なんの話？」

貴美子の言うことがのみ込めず、首をかしげてしまう。彼女自身の話じゃなさそうだ。

貴美子が重々しく口を開いた。

「一昨日《おととい》の夜、都坂くん、女の人と会ってた」

心臓がどくんと大きく鳴り響いた。私は数瞬言葉を失い、貴美子の顔を凝視する。

理人が、女の人と会っていた？　一昨日は仕事で二十二時過ぎに帰宅したはずだったけれど。

「最初は、先週麻里《まり》から聞いたんだ。『都坂くんが新宿《しんじゅく》のホテルのロビーで女の人と会ってた。都坂くんって直と結婚したんだよね』って。麻里は見間違いじゃないって言うし、都坂くんの容姿なら目立つからそれは確かだと思ってさ。都坂くん、お姉さんとかいないよね」

「……いない」

「仕事の人かもしれないし、直に言う前に私も確かめた方がいいかもって思って、一昨日、都坂くんのあとをつけたんだ」

貴美子は理人の行動を確認してくれたらしい。探偵みたいだ。

運よくその日に目当ての光景を見られたということだろうか。

「その例の外資系のホテルに入っていってね。エントランスで女の人と落ち合ったのよ。綺麗なロングヘアの年上の人。すでに部屋は取ってあるのか、そのまま受付ロビーには寄らずにエレベーターの方へ……」

心臓が苦しい。ずっと嫌な音を立てている。

「直、たぶん都坂くん浮気してる」

嘘、と言いたかった。しかし私の唇からは言葉が出なかった。私にはなにも言う資格がないような気すらしてしまう。だって、理人は私のことが好きで結婚したわけじゃないもの。

ずっと付き合っていた人がいたって不思議じゃないし、綺麗な女性と出会えば心だって動くだろう。

私たちは心で結ばれた夫婦じゃない。こんなことは起こりえて当然だ。

「直、都坂くんって土日は？」

私のショックの種類がわからない貴美子は続けて言う。

「……今日は、出張って言ってた」

どこへ出張なのか、誰と行くのかも聞いていないけれど。

「それも本当か怪しいよ。電話かけてみたら？」

「え、いいよ。そんなの」

「かけてみなって。後ろ暗いところがあれば、どきっとするだろうし」

促されるままにスマホを取り出した。かけたくないけれど、履歴から理人の名前をタップする。

「あれ？」

なぜだろう、携帯が繋がらない。

報告すると、貴美子が腕組みをして唸《うな》った。

「いよいよ怪しい。携帯の電源を切って出張だなんて。海外じゃないんでしょう？」

「わかんないけど」

海外に行くような出張なら絶対に言うと思う。だから、理人は今、故意に電源を切っているのだ。

「普段から怪しい行動はない？」

貴美子の追及口調につい暗い声で答えてしまった。

「もういいよ。これ以上、深入りしないでおこう」

「はあ!? なに言ってんの？ 直は都坂くんの奥さんでしょ？ 旦那の不貞を許すの？」

貴美子は私の代わりに怒ってくれているようだ。それもまた申し訳ない。

「あのね、貴美子。私と理人は事故で結婚したようなものだよ。理人みたいに住む世界の違う王子様と私みたいな取り柄もない人間は、所詮うまくいかないんだ。理人に恋人がいるのが間違いなんじゃない。私と理人の結婚が間違いだったんだよ、やっぱり」

苛立たしそうに貴美子が尋ねる。

「直はそれでいいの？　都坂くんと気持ちの通じない夫婦のままでいいの？　浮気自由で首輪をつけないでおくの？」

「仕方ないじゃない」

「じゃあ、お腹の赤ちゃんはどうなるのよ！」

貴美子に怒られ、私はようやくお腹の赤ちゃんに思い至った。

そうだ、この子はどうなるだろう。冷めきった夫婦の間に生まれてくる赤ん坊はかわいそうではない？

「理人はきっと赤ちゃんのことは愛してくれると思う」

「そんなのわかんないわよ。妊娠中の妻を放置して浮気するようなひとでなしだもん。浮気相手との間に子どもができたら、そっちがかわいくなるに決まってる」

言われてみればありえることだ。最初はこの子をかわいがっても、好きな相手が産んでくれた子を並べたら、理人の博愛にも限界がくるだろう。私とこの子は捨てられてしまうかもしれない。

「じゃあ……どうしたら」

「決まってるわよ。浮気の証拠を見つけてやめさせるの。次はないぞって、貸しひとつにするの。そして赤ちゃんのためにも、都坂くんの気持ちをこっちに向けさせておきなさい」

「なんかそこまでしたくないよ」

貴美子のパワフルな意見に頭を抱えてしまう。

妊娠がなければ、理人は今頃私のことは忘れて彼女を作ったり、楽しく暮らしていたに違いない。妊娠はふたりの責任とはいえ、理人を私とお腹の子が縛りつけていいものなのかわからないのだ。

「お腹の赤ちゃんの権利を守ってあげられるのは直でしょう」

権利……その言葉に私ははっと顔を上げた。

「直はなぜか自分に自信がなくて、都坂くんにふさわしくないから仕方ないって諦めようとしてるけど、赤ちゃんはまだその土俵にも立ってないじゃない。直が諦めたら愛される機会を失っちゃうじゃない」

そうか、私がひとりで夫婦関係を諦めたら、この子の人生は変わってしまうんだ。努力すれば、この子から父親を取り上げずに済むかもしれない。

この子がパパに愛してもらう権利を私が勝手になくすことはできないのだ。

「貴美子、目が覚めたわ、私」

私は意志を持って、貴美子を見据え宣言した。

「この子のためにも、浮気の証拠を掴んで理人に突きつける」

「うんうん」

「謝るなら許す。開き直るなら慰謝料がっぽり取って別れる」

「そうよ、その方が直らしい！」

理人と結婚してから、どうも萎縮していたみたい。本来の私は前向きなんだ。お腹の子のこれからを守るために、私が弱気になっていちゃダメ。理人と闘わなきゃ。そして、勝たなきゃならないんだ。

目の前にやってきたパスタを勢いよく食べる私はすでに闘志に満ちていた。


月曜の夜に帰ってきた理人はひどく疲れた様子だった。髪はボサボサ、頬はコケてやつれている。これだけ見たら、出張帰りで疲れているように見えるだろう。だけど、私の胸の中には疑念が渦巻いている。そして、それと同時に闘う意欲も湧いている。

「直、土曜に電話くれた？」

理人は上着を脱ぎながら私に尋ねる。

繋がらなくても履歴は残っていたのだろう。履歴を見たならその時点で折り返し連絡をくれてもいいのに。やはり電話できない状況にいたのだ。

「あー、ちょっと探し物があって電話しちゃった」

バレちゃいけないと笑顔を作る。

「出られなくてごめん。見つかった？」

「うんうん、すぐに見つかった」

ごまかしながら、夕食の準備を始めようと背を向けると、突然後ろから抱きしめられた。

結婚したとはいえ、こんな接触をしたことがなくて、驚いて腕を振り払ってしまった。

「……ごめん」

理人があからさまにショックな顔で謝ってくる。途端に申し訳なくなり、胸がうずいた。

「急で驚いただけ。こっちこそ、ごめんね」

なによ。浮気してるくせに。奥さん扱いだけは余念がないなんて。

というか、今まで触れてくることなんかなかったから、本当に驚いたのも確か。

やだなあ、頬が赤くなってないか心配だ。

キッチンに向かおうとすると、呼び止められる。

「直、お腹触っていいかな」

おずおずと言われ、断りづらくなってしまう。さっきむやみに振り払ってしまったし、申し訳ない気持ちもあった。

理人に近づくと、どうぞとばかりにお腹を突き出し両手を腰に当てた。

理人は私のお腹に手を当て、そっと撫でる。ふわっと表情がほどけるのがわかる。

「癒されるなあ。早く抱っこしたいよ」

「お腹から出てきたら、きっと大変だよ。癒されてばっかりいらんないよ」

「それでもいいんだ。大変でもなんでも。早く実際に会いたいよ」

こんなにいい人が、裏で私と赤ちゃんを裏切っているかもしれない。

心がモヤモヤぐるぐるして、喉の奥が苦しくて、今にも口をついて出そう。

『浮気してるんでしょう⁉』って。

でも、お腹の赤ちゃんを守るためにも行動は慎重にならなきゃ。下手に感情で動いて、証拠隠滅されてもまずい。逃げ場をなくしてから問い詰めないと。

「ほら、ごはんにするから」

あまりに間近で向かい合っているので、恥ずかしくなってきた。夕食の仕度を理由にすると、理人が離れた。

「うん、ありがとう。直。いつも感謝してる」

私を見る瞳が優しいのは、彼の博愛。理人の気持ちなんかわからない。

だから、私は自分と子どもの権利を守ることに集中する。


その晩、理人は早々に眠ってしまった。かなり疲れているようだ。いったい、どこへ出張だったのだろう。

上着にブラシをかけていると、ポケットになにか入っているのに気づいた。

普段は帰宅をしたらポケットから財布も定期も出す人だから珍しく思って取り出すと、十セント硬貨だった。

理人の出張は海外？　私に内緒で？

もしかして休みを取ってプライベートな旅行だった？

駄目だ。よくわからない。

荷物を漁れば、他にも出てくるかもしれないし、それを証拠として撮影しておくのも大事かもしれない。

しかし、しゅんと闘志がしぼんでしまう。

私のお腹を撫でて幸せそうな顔をしている理人。私に感謝しているという理人。

理人のすべてを嘘だと思えない。いや、思いたくない私が確かにいる。

だって、あんなに優しく笑ってくれる。私とこの子を愛おしそうに見つめてくれる。

それとも、全部演技なの？

私は理人と闘わなければいけない。だけど、本当はこんなことしたくない。

お腹が張ってきた。

家事を片付け、今日はもう寝てしまおうと、ベッドの端に横たわる。

隣を見ると、理人はぐっすり眠っていた。

恋人ならその髪を撫でる。だけど、私はいまだに自分がそんなことをしていい存在かわからない。同じベッドで眠るというのに。

理人と私を繋ぐのはお腹の赤ちゃん、そして、高校時代のわずかな思い出だけだ。

私と理人は高校三年間同じクラスだった。

王子様の理人と、ごく普通の私。

毎年クラス替えがあるのに三年間同じクラスで、出席番号も近かった。日直は男女で組むため、その縁で何度も一緒に日直をした。

いつだったっけ。高校一年の終わりのとき、提出物がたくさんあって、たまたま日直だった私と理人が担任にチェックを頼まれたんだ。

放課後で、いつまで経っても終わらなくて。日が陰ると教室はうすら寒くて、早く終わらせようね、と理人と言い合った。

『生徒会は？』

『今日はたいした仕事ないから』

そんな短い会話をしながら作業した。

理人の横顔はまつ毛が長くて鼻が高くて、本当に絵本の王子様みたいだった。担任からの仕事は面倒だったけれど、こんなに近くで都坂理人を見られるのはラッキーだと思った。

『理人、ってカッコいい名前だね』

なんとなくそんなことを言ったのは、たぶんもっと話をしたかったから。

すると、理人が困ったように答えた。

『カッコつけすぎてて俺は嫌なんだ。ドイツ語で光って意味らしいけど』

光。彼のイメージになんてよく合うんだろう。全然、カッコつけすぎていない。彼のためにあるような名前じゃない。

私は感情のままに言葉にした。

『素敵だよ。キラキラ輝く光なんて、都坂くんにぴったり。すごくよく似合ってる』

理人が頬を赤らめるのを見て、ちょっとまずかったかなと焦る。恥ずかしがらせるつもりはなかった。気まずくなりたくないので、慌てて言葉を重ねる。

『都坂くんに学校中の女子が憧れてるんだよ。だから、理人って名前も、その意味も、私にはすごくしっくりくる。似合うと思うよ』

理人は照れ笑いをしていたけれど、それが困惑じゃないのはわかった。ちゃんと嬉しそうにしていてほっとした。

『私なんか素直に育ってほしいから〝直〟だもん。字面、男の子みたいじゃない。兄が三人とも漢字一字だから合わせられちゃったのかなあ』

『葉山さんの直って名前、俺は好きだよ。呼びやすいし、本当に素直でまっすぐな性格だと思うから』

その言葉が妙に嬉しくて、私も照れ笑いした。

日直のときくらいしかしゃべらない王子様。私とは住む世界の違う男の子。彼とこうして一瞬でも通じ合っていることに、心がわくわくした。

そう、あの頃私はちょっとだけ、理人に憧れていた。淡い淡い今にも溶けてしまいそうな恋心を抱いていたのだ。

あの日、理人に再会できて嬉しかった。ふたりでたくさんおしゃべりできて嬉しかった。だから、理人に求められたとき、拒否しなかった。

私は大人になっても心のどこかで理人を探していたのだ。憧れの王子様に、恋に恋するような気持ちで。

実際、こんな形で夫婦になるなんて思わなかった。こんなことなら、高校時代に告白しておくんだった。玉砕してもいいから。

もしくは、抱き合った翌朝、素直な気持ちを伝えればよかった。あなたに憧れていた、よければ付き合ってほしいって。カッコつけて、一夜限りにしなければよかった。

そうしたら、今こんな寂しい気持ちでいないのに。お腹の赤ちゃんに申し訳ない気持ちでいないのに。

理人の浮気の証拠を掴む。そう決めてからたった一週間でそのチャンスはやってきた。金曜の朝、理人が言ったのだ。

「今日は遅くなるんだ。夕食の用意はいいから」

「……うん、わかった。お仕事？」

不器用な私は無理やり笑顔を作って尋ねる。理人はにっこりと微笑み、うんと頷いた。

今夜はもしかして、その浮気相手と会うつもりかもしれない。明日は休みだし、ふたりで甘い時間を過ごすのだろうか。

「明日の土曜、抱っこ紐見に行こう。それと、直って和菓子は好きだっけ」

「和菓子？　好きだけど」

急な話題転換に首をかしげると、理人は張り切った様子で言う。

「美味しいお団子屋さんを知ったんだ。この前取引先の人が持ってきてくれて。みたらしとよもぎ餅にあんこの団子がすごく美味しくてさ。明日の昼、食べに行こう。喫茶スペースのあるお店なんだって」

「お昼ごはんがお団子なの？」

「だいたいああいうところって、うどんや磯辺餅や稲荷寿司なんかはやってるよ。どうかな」

炭水化物のオンパレード。私が体重管理に苦しんでいるって知らないのかしら。だけど、理人が無邪気に誘ってくれるのが嬉しいと感じる私がいる。

理人を疑いながら、その真心に胸を熱くする私がいる。

「うん。それじゃあ、そのお店に行こう」

「よかった。……赤ちゃんが産まれたら、なかなかふたりで出かけるのも大変になるだろ？　特に外食とかさ」

理人が手にしていたコーヒーマグを置き、照れくさそうに言う。

「その前に、直とあちこち行っておきたいんだ。俺たち、そういう時間あんまりなかったから」

なんて答えたらいいかわからない。

理人の気持ちはたぶん本心。理人は私を大事には思ってくれている。一方で、本命の女性がいるかもしれないのだ。

「ありがとう、理人」

結局私は不器用に笑いながら、お礼を言うくらいしかできないのだった。

貴美子に声をかけると、定時で上がって合流してくれることになった。

夕方には理人の会社近くのコーヒーショップに詰める。

携帯のカメラと録音機能をいつでも作動できるようホーム画面のわかりやすい場所に設置し、起動の練習をしておく。

ひとりで待っているのは気鬱だった。

いや、正確には母子で待っている。この子の父親の浮気の証拠を掴むため。

こんなママでごめん。あなたに申し訳ない気持ちでいっぱいだよ。

だけど、生まれてくるあなたのことは愛したい。できれば理人にも愛してほしい。

だから、ママは今闘わなきゃならないんだ。悪いことをしているようで胸が苦しいのは、きっと今だけ。

貴美子は定時きっかりで上がったようで、『上司の嫌がらせ的な残業指示を断ってきた』と誇らしげだった。確かに定時間際に帰れない分量の仕事を投げてくるなんて不当だ。今日は私に付き合ってもらってもいいと思う。

「都坂くん、まだオフィスにいるかしら」

「わからない。でも、外出先から直帰がしづらい会社だって言ってたから、営業に出てても一度戻ってくると思う」

ふたりでオフィスビルの大きなエントランスを睨《にら》む。

冷房の効いたコーヒーショップが寒いので、お店の膝掛けを借りた。お腹が張ってくると尾行は厳しいから、張らないでほしい。

「責任感じてるのよね。私」

「なにが？」

貴美子が突然言うので、私はいぶかしく尋ねた。

「飲み会に直を連れてったこと」

そんなことを言ってはキリがないのに。

私は苦笑いする。

「理人とこうなっちゃったのは、事故だから。貴美子の責任じゃないよ」

「ううん。言ってなかったけど、直のことを誘うように言われてたの。佐藤《さとう》くんに」

「え？」

佐藤くんは三年時のクラスメートで理人と仲がよかった。社会人になってもしょっちゅう遊ぶのは佐藤くらいだって、いつか理人が言っていた気がする。

「佐藤くんが、直に会いたいって言ってるヤツがいるから、飲み会に連れてきてくれって」

私に会いたい？　でも、その割に話しかけてきたのは理人だけだ。

理人が私に会いたがっていた？　まさか、そんなわけない。

「結局、それが誰だったのかわからないの。女子が少ないから数合わせでそんなこと言ったのかもしれないし。でも、私が言われるままに直を連れ出さなければ、こんなことにならなかったのかなあって。今は後悔してる」

「だから、貴美子のせいじゃないってば」

言いながら理人の顔が浮かぶ。

もし、理人が私に会いたがっていたとして、それは〝懐かしい同級生〟に対するものだろう。ともに日直を務めた彼女は今なにをしているかな、くらいのノスタルジーだったに違いない。だから、私が胸をざわつかせる理由にはならないのだ。

「直、都坂くんが出てきた」

貴美子に言われ、慌ててエントランスを見やる。上着を腕にかけ、通勤バッグを手にした理人が同僚と話しながら出てきた。仕事で遅くなるという言い訳が目の前で崩れていく。ショックを受けている自分に気づく。

同僚の男性とはすぐに別れ、理人が駅に向かって歩きだした。私たちはコーヒーショップを出た。

「この前のホテルならタクシー使っちゃうかもね」

タクシーに乗られてしまうと尾行は難しくなる。私たちもタクシーを捕まえて『あの車を追ってください！』ってやるはめになってしまう。それは恥ずかしいからやりたくないなあ。

しかし、貴美子の予想に反して理人は電車に乗り、たどり着いたのは東京駅。皇居沿いを歩いて、一軒のホテルのエントランスに入っていく。海外のVIPも宿泊するような高級ホテルだ。

今日はここで逢引《あいびき》？　前回までもそうだったけど、安いラブホテルじゃなく、高級ホテルを使うというのは、相手の女性はそこそこリッチなのかもしれない。もしかしてうんと年上のマダムだったりして。恋愛感情じゃなく、お小遣い稼ぎにリッチなマダムと関係を持っているんだとしたら、それはそれで許せない。だけど、恋愛感情がないだけ、私の気持ち的には救われるのかな。

ラウンジで誰かを待つ理人の背中を眺め、私と貴美子はエントランス隅の、以前公衆電話が並んでいただろう付近に待機することにした。

ほどなく理人に近づく女性がいる。マロンブラウンの長い髪がさらりと揺れて、すらりと背が高い。エレガントなサマーニットとアンクルパンツ。妊婦のヒップからすると羨ましいほっそりとしたバックスタイルをしている。

ん？　でもあの人……。

「直っ、あの女よ！　あの美人が浮気相手よ！　確定だわ！」

貴美子が勢い込んで言う。

「今すぐ浮気の現場を押さえよう！　乗り込むわよ！」

「待って、貴美子！」

私は慌てた。ずんずん歩いていこうとする貴美子の腕を、体重をかけて引っ張る。

今の私は重たいんだぞ。ってそうじゃなくて、あの女性は私のよく知る人で。

私と貴美子の視界の先には理人と女性、さらにそこに近づく大きな人影がもうひとつある。

「しつこいと言っているだろうが‼」

大きな人影の正体はやはり私の思った通りの人物で、次の瞬間その男の大音声がロビー全体に響き渡った。客もスタッフも驚いて彼らを見つめる。

理人を前にして大声で怒鳴ったのは、私の一番上の兄・勇《ゆう》だった。

「勇くん、静かに。他のお客さんもいるのよ！」

兄を諫《いさ》めているその女性は……兄の妻で、私の義姉のさゆりさんだ。

なんで？　なんでシアトルに住んでいる兄夫婦がこんなところにいるの？

「お客様いかがされましたか？」

「なんでもない。家族の問題だ。入ってくるな」

駆けつけたホテルマンを無下に扱う兄。義姉がぺこぺこ頭を下げて静かにさせる旨を約束している。

「とっとと帰れ。俺はおまえと話し合う気はない」

「そうはいきません。お義兄さん」

「お・に・い・さ・んと呼ぶな！　何度頭を下げられても俺は認めん。子どもが産まれたら、直には離婚させる。俺たち夫婦で、直と子どもの面倒を見る」

「直さんは俺の妻で、産まれてくる子は俺の子です！」

理人が見たこともないような形相で兄と対峙している。

「いくらお義兄さんといえど、俺たち家族は引き裂けません」

「かわいいかわいい妹を孕《はら》ませておいて、なにを偉そうに言っていやがる！　貴様ァッ！」

兄が理人のワイシャツの襟首を掴んだ。大男の部類の兄が細い理人の身体を吊り上げる。理人はすでにつま先立ちくらいの状態だ。

ホテルのロビーは騒然。利用客はざわめき、駆けつけたホテルマンが止めようと慌てている。さゆりさんがふたりを離そうと呼びかけている。

兄と理人の一触即発に、貴美子の腕を掴んだまま私は凍りついていた。

どうしよう。理人が怪我させられてしまう。

しかし、理人はぎっと兄を睨みつけ、負けじと怒鳴ったのだ。

「ですから！　お義兄さんに認めてもらいたく、こうしてご挨拶に通っています！　俺と直さんの結婚を認めてください！　よろしくお願いします！」

よろしくお願いする状況でもされる状況でもないような光景だった。

「一度殴られないとわからない馬鹿か？　おまえは？」

「殴られるくらい覚悟の上です。大事な妹さんをこんな形で奪ったんですから！　でも、俺は昨日今日直さんを好きになったわけじゃない。ずっと高校時代から直さんが好きでした！　ですから、絶対に直さんと産まれてくる息子は渡しません！」

公衆の面前でなんの臆面もなく叫ぶ理人。

この人、こんなに熱い人だったの？　優しくて爽やかな王子様じゃなかったの？　そして、私のこと、高校時代から好きだったって……嘘でしょう？

「殴る程度じゃおさまらん。頭を下げ続ければ許すと思ったか、馬鹿めが！　絶対に直は取り戻す！」

「いいえ！　渡しません！　直さんは俺と結婚したんです！」

怒鳴り合うふたりに、私はお腹の底から声を張り上げた。

「もうやめて！　いい加減にして！」

突然の横やりに、ふたりがくるーりとこちらを見る。

まさかいるはずのない私の姿を確認し、兄が「直」とつぶやく。

理人は私の顔を凝視し、それから耳まで真っ赤になってその場にへたり込んでしまった。


ロビーが騒然としてしまったことをホテル側に詫《わ》び、私たちは兄夫婦の宿泊している部屋へ移動した。貴美子も一緒だ。ソファに兄夫妻が座り、向かいのスツールに理人が、私と貴美子は並んでベッドに腰かけた。

「勇兄ちゃん、仕事で帰国してたの？」

「最近、行ったり来たりでね」

ぶすっとしている兄に代わり、さゆりさんが答える。

「ごめんね、直ちゃん。理人くん、何度も勇くんのところに通ってくれてるんだけど、この人毎度怒鳴って追い返しちゃってたの。この前なんか休みを取ってシアトルの我が家まで来てくれたのに」

「当たり前だ！　弟ふたりのところにも足繁く通って納得させたようだけれどな。俺は長男だ。葉山家の一大事に気軽にうんと言えるか。俺は絶対に結婚は許さん！」

兄はソファにどっかり座り、腕組みのまま怒っている。

「なに言ってるのよ。お父さんとお母さんは許してくれたんだから」

「腹に子がいて許さざるをえなかったんだろう。俺は認めていない。直が電話をしてきたときも許さんと言ったはずだ」

確かにそうだった。過保護な兄三人は、私の電話による結婚報告に一様に渋い対応。特に一番上のこの人は、絶対に許さないと怒っていた。

兄三人の過保護と頑固ぶりは両親もよく知っていて、『私たちがうまくやるから、赤ちゃんが産まれる前に籍を入れちゃいなさい』と言われたのだ。

「なんとしてもお義兄さんに認めてもらいます」

理人は兄の向かいのソファに腰かけ、じっと兄を見据えている。

「ぜ～～～ったいに嫌だ。かわいいかわいいたったひとりの妹を、おまえのようなチャラチャラした男に奪われてたまるか。おまえが高校時代いかにチャラついていたか、ふたりの弟は知っているぞ」

次男三男は同じ高校で在学期間がかぶっているので、一年生の頃から学校の王子様だった理人をよく知っている。なまじっか、高校時代の理人を直接見ていない長男の方が、理人へのイメージをこじらせている気がする。〝王子様〟を人気者ではなく、女遊びの激しいチャラ男とでも思っているのかもしれない。

「ふたりとも許したって言ってるじゃない。次は勇くんよ。直ちゃんの結婚を祝福してあげなきゃ、安心してお産に臨めないわ」

さゆりさんが執り成してくれる。怒りすぎてふてくされている兄が、ぎろりと私を見る。

「そもそもなんで直がここにいるんだ。こいつについてきたのか？」

それを言われ、私は隠し立てすることができなくなってしまった。理人に不利になることだけど、言わないと不自然だ。

「理人が女の人と会っているって噂で聞いて、貴美子に付き合ってもらって確かめに来たの」

まあ、とさゆりさんが手を口に当てる。

「それって私のことね。ごめんね、直ちゃん。誤解させたわね」

「つまりは直もこいつが浮気しそうなクズ野郎だって思ってたってことだな！」

兄が鬼の首を取ったかのようににやりと笑った。理人が唇を噛みしめ、うつむく。

誤解だったとはいえ、私は理人を疑ってしまった。そうなっても仕方ないと思ってしまった。私たちは恋愛結婚じゃないと思っていたから。

「違う、勇兄ちゃん」

気づけば、私は立ち上がり、兄に向かって告げていた。

「私は確かに理人を疑った。でも、浮気されていたら悲しいって思ったんだ。お腹の子も私も理人に好かれたい。理人が他の女性を見ているのは嫌なの。だから追いかけてきたの」

理人が顔を上げ、私を見つめる。恥ずかしくて泣きそうになってしまう。

「赤ちゃんができちゃったのがきっかけだったけれど、理人のことが好きだから結婚したんだ。高校時代からずっと憧れてて。それは彼がカッコいいからとかじゃなくて。理人の優しいところや性格とか……えっと、だから」

言葉にならなくなった私に代わって、理人が言う。

「お義兄さん、俺と直の結婚を認めてください。ご理解いただけるまで、何度だって伺います。みんなに祝福されて家族になりたいんです。産まれてくる子どものためにも」

兄はしばらく目を瞑《つぶ》って黙っていた。何分も経ってからひと言。

「今日はもう帰れ」

それ以上の対話は、今日のところはできなさそうだった。

さゆりさんがエントランスまで見送ってくれた。

「たぶん、勇くんなりに一生懸命気持ちの落としどころを探っているんだと思う。かわいい直ちゃんに言われたら聞かざるをえないもの」

次は私も理人と一緒に来よう。兄にきちんと納得してもらいたい。

「お邪魔になっちゃうから、私は帰るわね」

エントランスを出たところで、貴美子もさっさとタクシーを拾って帰ってしまう。

私と理人は夜の皇居外周を駅に向かって歩きだした。じわりと汗が滲む暑い夜だ。暗いのに、セミの声がまだ聞こえてくる。

「お腹張ってない？」

「うん、少し張ってる」

「タクシー捕まえようか」

「もう少し、散歩してからでもいい？」

並んでいるけれど、私と理人には少しだけ距離がある。ふたりで歩くことが照れくさかった。

理人への気持ちを言ってしまった。彼の気持ちも知ってしまった。

「あのさ、直……さっきの聞こえちゃったと思うんだけど……俺、高校時代から直のこと好きだったよ」

「なんで……私なの？」

本当にまだそこが信じられない。他にかわいい女の子は山ほどいたし、理人は選び放題な立場だったのだ。

「単純なんだけど、日直でいつも一緒になるから。俺、王子様だなんだって言われてたけど、女子と話すの苦手だったし。直は気さくで、話しやすくて、女子への苦手意識が薄くなるっていうか」

それって私が女の子っぽくないってことかなあ。兄が三人いると、女子らしい家庭で育ってない自信はある。

「一度、日直で遅くなってさ。名前のこと、褒めてくれただろ？　あれがすごく嬉しかったんだ。直の笑顔が眩しくて、ああ俺、この子のこと好きになってるんだって気づいた。あのときからずっと直に片想いしてたよ」

「そんな前から？　嘘でしょう」

「高校時代、誰とも付き合ってないよ。直のこと好きだったから」

理人が特定の誰かと付き合っていた事実はない。噂はいつもそこかしこから聞こえてきたけれど、所詮噂だ。

「告白して振られたら日直するとき気まずいよなって思って言えなかった。武闘派でシスコンのお兄さんが三人いて、めちゃくちゃ怖いっていうのも知ってたし」

「ひどい噂。事実だけど」

ふたりで顔を見合わせ、笑ってしまった。

そうか、そうして私たちは高校を卒業してしまったんだ。お互いに好意があったのに。確認することもなく。

「いろんな子と付き合ってみたけど、俺の一番は初恋の直のままだった。社会人になって、佐藤たちと同窓会飲みを企画したのも、いつか直が来てくれるかもって思ったからなんだ。佐藤が直の友達と親しかったから誘ってもらってさ。佐藤が気を利かせて、俺と直をふたりにしてくれて」

ああ、なんだ。そうだったんだ。私と理人は偶然ふたりきりになったんじゃない。周りはお膳立てしてくれていたんだ。

そうして、私たちは一夜をともにしてしまったのだ。

私の中ではお酒の上での過ちでもあった。もちろん、相手が理人だったから受け入れてしまったんだけれど、理人は意図的にああいうことをしていたのかと思うと、今さらながら頬が熱くなるのを感じた。

「直と関係持てて、やったーって気持ちと同時に、無我夢中だったとはいえ大好きな女の子を手順を踏まずに手に入れてしまったのが申し訳なかった。嫌われたかも、誰とでも同じことしてるって思われたかもって、あのあとすごく後悔してさ。どうやったら挽回できるだろうって考えてたら、連絡できなかった。会いたいけど、軽い男だと思われたくなくて誘えなかった。そうしたら時間がどんどん過ぎて、気持ちばっかり焦って……」

理人は顔をゆがめ、自嘲《じちょう》的に笑っていた。

連絡をくれなかったんじゃない。できなかったんだ。私よりずっと私とのことを考えてくれていたなんて。

「グループデートみたいな感じで直を呼び出せばいいんじゃないかって考えてた。そこで改めて告白しようって。そうしたら、ある日突然、直が子どもができたって俺を訪ねてきたんだ」

「驚いた？　……よね」

「一番は嬉しかった。でも直の人生を縛ってしまったって思った。だって、直は俺のこと好きでもなんでもないのに、子どもがかわいそうだから俺にコンタクトを取ってきたんだろう」

「そんなこと……」

ないとは言い切れない。理人に憧れのような淡い気持ちはあったけれど、彼と同じ熱量で愛情を持っていたとは言えないのだ。

「無理しなくていいよ。だからさ、せめて直に完全無欠の幸せをプレゼントしたかったんだ。直が大事にしてるお義兄さんたちに挨拶して回ったのも、そのため。下のお義兄さんふたりもかーなーり苦労したんだけど、勇さんは一番手ごわいよ。何度通っても全然話を聞いてくれない」

そうか。理人の帰宅が遅かった理由は、私の兄たちに会いに行っていたからなのだ。次兄も三兄も遠方だから、有休を取って会いに行っていたのだろう。この前の土曜は長兄に会うため、シアトルに飛んでいたのだ。携帯が繋がらないはずだ。

「私も絶対説得するから。……理人との仲、認めてもらいたいもん」

理人が立ち止まり、私に向き直る。私をまっすぐ見つめる瞳の美しさは、高校時代と変わっていない。

「直に好かれている自信がないまま結婚した。好いてほしかった」

「私も、理人の人生を縛ってしまったって思ってた。ずっと遠慮してたのかもしれない」

「早く伝えればよかった」

理人が背筋を伸ばし、頭を下げる。

「愛しています。俺とずっと一緒にいてください」

真摯に思ってくれていたこと、裏でそんな努力をしてくれていたこと。理人はやっぱりすごくカッコいい。

私は歩み寄り、出会ってから初めて自分から理人を抱きしめた。理人が驚いたようにびくんと身体を揺らす。

「高校時代は憧れだった。でも、今は違う。理人が大好き。優しくて、実はすごく情熱的で、めちゃくちゃ頼りになる理人が好き。ずっと一緒にいたい」

「ありがとう、ありがとう、直」

理人が私を抱きしめ返す。

お腹の子をふたりでサンドイッチしている状態は、温かな感触。幸せでたまらなくて、もうずいぶん暑い季節だけど、ずっとこうしていたいと思った。

私の意識ははっきりしていた。ライトに照らされ、自分のお腹に起こっている事態を受け止めている。

手術室には医師と看護師と私。これから赤ちゃんがお腹から出てくる。

八カ月目で突然逆子になってしまい、治らないまま帝王切開という予想外の出産に私は挑んでいる。

お腹を切るなんて初めてだ。帝王切開と聞いたとき、私より理人が動揺していたっけ。担当のお医者さんに、どうか母子ともに安全に出産できますようお願いします、なんて深々頭を下げちゃって。

確かに病気じゃないっていっても、自然分娩とは違うリスクがあるもんね。

私の方がしっかりしたもので、今も手術室の外にいる理人が震えて待っていると思うと、手術中だけど笑ってしまいそう。

完璧王子様は、実はめちゃくちゃ心配性なんだよね。

「赤ちゃん出ますよー」

その声に、我に返る。

もう出てくるの？　え？　え？

と思っている間に、ずるりと身体からなにかが抜け落ちた感触。次に大きな産声《うぶごえ》が聞こえた。おああああ、おあああああって、そんな声が聞こえてくる。

「おめでとうございます。男の子ですよ」

羊水と血液がくっついたまま、看護師さんの手に抱かれた赤ちゃんが私の横にやってくる。

小さくてくしゃくしゃの赤い顔は、泣いていいのか黙っていいのかわからない様子。眉をひそめて変な顔をしている。かわいい。

「ありがとうございます」

お礼を言いながら、自然と涙が出てきた。

ああ、私お母さんになったんだなあ。そして理人はお父さんだ。

引き続き処置のある私から赤ちゃんは離され、身体を拭かれて体重測定などをされる。そして、手術室の中待合まで来ている理人に対面なのだ。

「お父さん、おめでとうございます」

看護師さんが理人に赤ちゃんを対面させている声が処置中の私にも聞こえる。すると、別の聞き慣れた声がした。

「はい、ありがとうございます。おお、なんてかわいい」

それは、私の一番上の兄・勇の声だ。

「お義兄さん、先に抱こうとしないでください！　俺の子です！」

次に理人の怒鳴り声が聞こえる。

「俺はこの子の伯父《おじ》だぞ。抱く権利はある」

「一番は駄目です！　それは俺の特権です！」

言い争うふたり。

なんで兄がいるんだろう……。

タイミングよく仕事で帰国しているとは聞いていたけれど、きっと、強引に中待合に張り込んだのだ。兄らしいとしか言いようがない。

「直に似ている……というか俺に似ている」

「直に似ていることは間違いないですが、目は俺に似ています」

「いや、我が家の遺伝子の方が強い。よしよし、俺が強い子に育ててやるからな」

「俺が育てるのでしゃしゃり出てこないでください！」

そのやりとりに笑ってしまった。

もう、くだらない喧嘩はやめてよね。

きっと赤ちゃんは言い合いするパパと伯父をぽかんと見つめているのだろう。

私が病室に戻り、それぞれの家族が赤ちゃんを見に来てくれ、全員が帰ると夜だっ

んなあ。ママを休ませてあげてくださいと、看護師さんが追い出すまで、兄夫妻はいたも
た。

手術が昼頃だったので、あっという間の一日だった。

「お腹痛い？」

個室の病室に居残った理人が私を見つめている。赤ちゃんは横のコットですやすや寝ている。彼にとっても受難だろう。産まれたその日に、わいわいとうるさい家族に取り囲まれて。

「傷は少し痛いかな。後陣痛が痛いって聞いたから、このあとが怖いよ」

「直が痛い思いして産んでくれた分、育児は俺も頑張るから」

理人は育児休暇を一週間取り、そのあとは残りの育休を当て短縮勤務の日を増やすと言っている。

確かに理人は毎晩仕事で遅いし、そうやって育児参加してくれるのは嬉しい。

「ありがとう、理人」

「なに言ってるんだよ。ありがとうは、こっちだから。直、お疲れ様。ありがとう」

理人が髪を撫でてくれる。私はくすぐったくて笑った。

「これ、見てくれる？」

理人に差し出されたのはパンフレットだ。チャペルの写真に私は思わず顔を上げた。

「理人、これ」

「サプライズにはならないかもしれないけれど、この子が生後半年経つくらいに結婚式をあげない？」

理人が持ってきたのは結婚式場のパンフレットだった。

「こんなに色々考えていてくれたの？」

「幸せにしたいって言ったじゃない。でも、正直、俺が直のウエディングドレス姿を見たいんだ」

私だって理人がタキシードでばしっとキメた姿を見たい。

高校時代から憧れの王子様は今、私の旦那様。最高にカッコいい旦那様の晴れ姿を見たいし、一生の記念にしたい。

「直、いい？」

「うん、私も結婚式したい」

「お義兄さんたち、ちゃんと来てくれるかな」

「来るけど、きっといじられるよ、理人は」

「うん、受けて立つ」

涙が出てきてしまった。嬉しくて、幸せで、涙が止まらない。

するとと、私の涙につられたのかなぜか赤ちゃんが目を覚ました。ふおああああ、という泣き声に慌てて理人が抱き上げる。おぼつかない抱っこのまま、私の手に赤ちゃんをのせた。

「おっぱいかなあ」

「かもしれないね。きみはママそっくりだなあ。泣くタイミングまで」

ぐずっていてもかわいい様子だ。

でれでれ笑いかける理人に、思い切って顔を近づけると、私はその唇にキスをした。

「直……サプライズ」

「こんなサプライズならいつでもするよ」

授乳用のパジャマを開き、授乳の準備をしていると、理人が私のおでこにキスをした。それから、ぐずぐずむずかっている赤ちゃんのほっぺにも。

私と理人は結婚した。

これからゆっくり恋を育んで、夫婦になって、家族になる。

END

若菜モモ先生、西ナナヲ先生、桃城猫緒先生、
藍里まめ先生、砂川雨路先生への
ファンレターのあて先

〒104-0031
東京都中央区京橋1-3-1
八重洲口大栄ビル７F
スターツ出版株式会社　書籍編集部　気付

若菜モモ先生　西ナナヲ先生
桃城猫緒先生　藍里まめ先生
砂川雨路先生

本書へのご意見をお聞かせください

お買い上げいただき、ありがとうございます。
今後の編集の参考にさせていただきますので、
アンケートにお答えいただければ幸いです。

下記URLまたはQRコードから
アンケートページへお入りください。
https://www.berrys-cafe.jp/static/etc/bb

ベリーズ文庫溺甘アンソロジー3
愛されママ

2019年7月10日　初版第1刷発行

著　　者　若菜モモ　©Momo Wakana 2019
　　　　　西ナナヲ　©Nanao Nishi 2019
　　　　　桃城猫緒　©nekoo momoshiro 2019
　　　　　藍里まめ　©Mame Aisato 2019
　　　　　砂川雨路　©Amemichi Sunagawa 2019

発 行 人　松島 滋
デザイン　hive & co.,ltd.
D T P　久保田祐子
校　　正　株式会社鷗来堂
　　　　　株式会社文字工房燦光
発 行 所　スターツ出版株式会社
　　　　　〒104-0031
　　　　　東京都中央区京橋1-3-1　八重洲口大栄ビル7F
　　　　　TEL　出版マーケティンググループ　03-6202-0386
　　　　　(ご注文等に関するお問い合わせ)
　　　　　URL　https://starts-pub.jp/
印 刷 所　大日本印刷株式会社

Printed in Japan

乱丁・落丁などの不良品はお取替えいたします。
上記出版マーケティンググループまでお問い合わせください。
定価はカバーに記載されています。

ISBN 978-4-8137-0715-8　C0193

ベリーズ文庫 2019年7月発売

『契約新婚～強引社長は若奥様を甘やかしすぎる～』　宝月《ほうづき》なごみ・著

出版社に勤める結奈は和菓子オタク。そのせいで、取材先だった老舗和菓子店の社長・彰に目を付けられ、彼のお見合い回避のため婚約者のふりをさせられる。ところが、結奈を気に入った彰はいつの間にか婚姻届を提出し、ふたりは夫婦になってしまう。突然始まった新婚生活は、想像以上に甘すぎで…。

ISBN 978-4-8137-0712-7／定価：本体630円＋税

『新妻独占 一途な御曹司の愛してるがとまらない』　小春《こはる》りん・著

入院中の祖母の世話をするため、ジュエリーデザイナーになる夢を諦めた桜。趣味として運営していたネットショップをきっかけに、なんと有名ジュエリー会社からスカウトされる。祖母の病気を理由に断るも、『君が望むことは何でも叶える』――イケメン社長・湊が結婚を条件に全面援助をすると言い出して…!?

ISBN 978-4-8137-0713-4／定価：本体640円＋税

『独占欲高めな社長に捕獲されました』　真彩《まあや》-mahya-・著

リゾート開発企業で働く美羽の実家は、田舎の画廊。そこに自社の若き社長・昴が買収目的で訪れた。断固拒否する美羽に、ある条件を提示する昴。それを達成しようと奔走する美羽を、彼はなぜか甘くイジワルに構い、翻弄し続ける。戸惑う美羽だったが、あるとき突然「お前が欲しくなった」と熱く迫られて…!?

ISBN 978-4-8137-0714-1／定価：本体630円＋税

『ベリーズ文庫 溺甘アンソロジー3 愛されママ』

「妊娠＆子ども」をテーマに、ベリーズ文庫人気作家の若菜モモ、西ナナヲ、藍里まめ、桃城猫緒、砂川雨路が書き下ろす魅惑の溺甘アンソロジー！　御曹司、副社長、エリート上司などハイスペック男子と繰り広げるとっておきの大人の極上ラブストーリー5作品を収録！

ISBN 978-4-8137-0715-8／定価：本体640円＋税

『婚約破棄するつもりでしたが、御曹司と甘い新婚生活が始まりました』　滝井《たきい》みらん・著

家同士の決めた許嫁と結婚間近の瑠璃。相手は密かに想いを寄せるイケメン御曹司・玲人。だけど彼は自分を愛していない。だから玲人のために婚約破棄を申し出たのに…。「俺に火をつけたのは瑠璃だよ。責任取って」――。強引に始まった婚前同居で、クールな彼が豹変!?　独占欲露わに瑠璃を求めてきて…。

ISBN 978-4-8137-0716-5／定価：本体640円＋税

タイトル、価格等は変更になることがございますのでご了承ください。